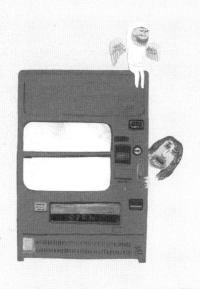

오늘은 무슨 맛

초판 3쇄 발행 2021년 4월 25일

지은이 강경수 김혜진 문부일 박영란 이송현 정은숙
펴낸이 정혜숙 **펴낸곳** 마음이음

책임편집 여은영
등록 2016년 4월 5일(제2016-000005호)
주소 03925 서울시 마포구 상암동 1602 문화콘텐츠센터 5층 6호
전화 070-7570-8869 **팩스** 0505-333-8869 **전자우편** ieum2016@hanmail.net
블로그 https://blog.naver.com/ieum2018

ISBN 979-11-89010-09-6 43810
CIP2019014776

강경수

김혜진

문부일

오늘은 무슨 맛

박영란

이송현

정은숙

마음이음

차 례

정은숙

좀 놀던 오빠, 좀 노는 언니 · 7

김혜진

수호천사와 인생의 맛 · 43

이송현

오후 4시, 달고나 · 73

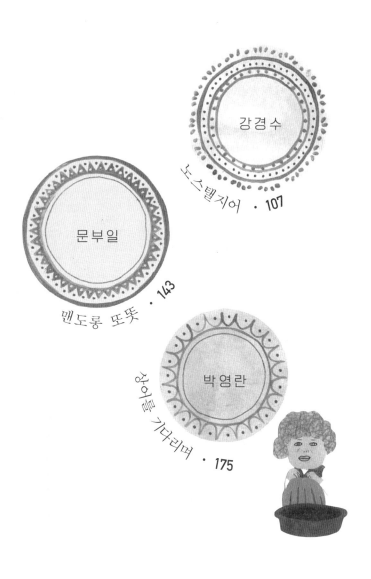

강경수

노스탤지어 · 107

문부일

맨도롱 또똣 · 143

박영란

상어를 기다리며 · 175

좀 놀던 오빠,
좀 노는 언니

:

정 은 숙

:

양심껏 6개월은 넘겼어야 된다는 현아와 그래도 3개월이면 최악은 아니라는 희주가 옥신각신하는 탓에 매캐한 냄새는 맡지 못했다. 흑맥주의 싸한 향과 치킨의 기름 냄새도 후각을 마비시키는 데 일조했겠지만 사람들의 이목을 끌며 언성을 높이는 두 아이가 직접적인 원인이었다. 편의점과 부동산 사이의 좁은 틈, 에어컨 실외기와 쓰레기봉투, 빈 박스가 놓인 허드레 공간에서 불길이 치솟고서야 순진은 사태의 심각함을 알아차렸다.

　"부, 불이야!"

　순진이 본능처럼 소리를 질렀고 편의점 알바생이 놀란 얼굴로 나왔을 때, 현아와 희주는 잽싸게 길을 건너 어둠 속으로 도망가 버렸다. 도망가기 직전 두 아이가 난감한 표정으로 시선을 주고받았지만 불길을 쳐다보느라 등을 돌리고 있던 순진은 전혀 몰랐고 결국 혼자 남았다.

암튼 계집애들이 도덕성이 없어요. 불이 났다는데 친구를 두고 도망가? 하긴 화재의 규모에 비해 효과음이 끝내주긴 했다. 인근 할머니들의 푼돈 수입을 담당하느라 목요일만 받는 공병이 잔뜩 쌓여 있었고, 그중 몇 개가 고온에 터지면서 펑! 폭발음과 유리 파편이 날렸고 불을 끄기 위해 소화기를 들었던 부동산 사장님의 얼굴에 찰과상을 입혔다. 부동산 사장님을 대신해 소화기를 들고 폐지 위에서 아른거리는 잔불을 끄고 났을 때까지 순진은 자신이 이 화재 사건의 작은 히어로인 줄 알았다. 핸드폰으로 현장을 촬영 중인 시민을 향해 쑥스럽다는 듯이 어깨를 으쓱하기도 했으니까.

최초의 화재 신고는 오후 8시 11분이었고 한강 둔치 부근의 편의점에서 불이 났다는 내용이었단다. 도착한 소방대원은 잔불까지 꺼진 화재 현장을 확인하고 자리를 떠났지만 곧이어 온 경찰차가 문제였다. 나중에 들은 얘기로는 그 사건으로 3건의 119 신고와 1건의 112 신고가 있었는데 그 때문에 경찰차가 온 거라 했다. 끝자리 번호를 착각한 누군가의 전화 한 통이 그날 밤 순진의 운명을 엇갈리게 만들었다.

"글쎄, 저는 여기 있을 이유가 없다니까요."

화재 현장에 출동한 경찰이 지구대 동행을 요구했을 때도 순진은 목격자로 조사에 적극 협조할 마음으로 따라온 거였다.

"이유가 있는지 없는지를 조사하게 이름이랑 주민번호 좀 불러 봐요."

편의점 알바가 뭔가 오해한 거다, 나야말로 화재 진압에 앞장섰던 모범 시민이다, 크게 떠들어 대던 순진이 순경의 말에 움찔했다.

아 씨, 이래서 사람은 경솔하면 안 된다. 허영범 씨, 안수미 씨, 어떻게 자식 이름에 당신들의 신념을 갖다 붙일 생각을 하셨어요? 백세 인생이라는데, 그러면 앞으로 80년도 더 남았는데 이런 고리타분한 이름으로 살아야 한다면 너무 심한 거 아니에요? 네, 네, 얼마나 고민하며 이름을 지었는지는 충분히 잘 들었습니다만 이렇게 경찰서에서 당당히 말하기엔 민망할 수 있다는 건 생각하지 않으셨어요? 혹여 경찰서 같은 데는 얼씬도 못 하게 하려는 음모였다면 일단 성공하셨네요. 이름만으로도 엄청 쪽팔리니까요.

"말 못 들었어요? 이름이랑 주민번호 말하라니까요?"

침 튀기며 열 내던 순진이 잠잠하자 순경이 다시 물었다.

이럴 줄 알았으면 아까 애들 따라서 같이 튈 걸⋯⋯. 하지만 이미 늦었다. 순진은 주위 사람이 듣지 못할 정도로 최대한 목소리를 낮췄다. 허순진, 011013⋯⋯. 용케 순진의 목소리를 알아들은 순경의 눈이 커졌다.

"01년생? 정말 01년생 맞아요? 그럼 지금 학생이에요?"

이름이 무사통과되어 다행일 줄 알았는데 이번엔 노안이 문제였다. 순경이 놀라는 것 역시 놀랄 일은 아니었다. 누구도 순진을 10대로 보지 않았으니까. 이름표만 떼면 교복도 회사나 관공서의 유니폼으로 보기도 했으니까. 게다가 지금은 풀메이크업 상태였으니까. 노안이 굴욕이긴 했지만 법에 저촉되는 것도 아니라서 순진은 당황하지 않았다. 당당하게 01년생 고등학생이라 자신의 신분을 밝혔는데…….

"뭐야, 학생이 술 마시고 불낸 거였어? 현주건조물 방화가 얼마나 큰 죄인지 알아?"

겨우 한 캔일지라도 맥주를 마신 건 인정! 하지만 불을 내다니? 억울해서 팔짝 뛰고 싶은 심정이었다. 순진은 짜증과 분노를 억누르며 친구들과 맥주를 마신 건 맞지만 화재와는 아무 상관이 없다고 설명했다.

"CCTV 확인했는데 학생들이 편의점과 부동산 사이로 들어갔고 얼마 후에 불이 난 거라니까. 그런데도 잡아뗄 거야?"

화장실에서 먼지와 검댕을 씻고 온 직후 경찰이 지구대 동행을 요구했기에 별 생각 없이 따라온 것뿐이다. 그래서 알바생의 착각이라 믿었지 그사이 CCTV까지 확인한 줄은 몰랐다. CCTV를 확인했다니 더 억울했다. 순진은 불이 난 곳에 간 적이 없었다. 그런 후미진 곳에 뭐 하러…… 가만, 절대 아니라고 장담할 수는 없었다. 순진은 희엽에게 전화를 걸러 자리를 떠났다. 혹시라도 순진이 자리를 비웠을 때 현아와 희주가 사람들 눈을 피해 으슥한 곳을 찾아야 했다면? 분명 순진에겐 두 달 전에 담배를 끊었다 말했지만.

"학생 말고 또 다른 친구도 있었다며. 얼른 연락해서 지구대로 오라 해요."

불이 나기 무섭게 튄 걸 보면 둘이 방화범일 가능성이 꽤 높았지만 현아와 희주를 부를 순 없었다. 카톡 문자로 비참하게 차인 순진을 위해 학원도 빼먹고 함께 분노해 준 친구들이었다.

"허순진 학생, 친구들 못 부르면 부모님이라도 불러야 돼."

순진이 비협조적으로 나오자 순경은 아예 명령조로 나왔다. 화장을 진하게 하고 술까지 마셨으니 안 봐도 뻔하단 눈빛이었다. 이름마저도 가당치 않다 생각할지 모르겠다. 누구라도 부르지 않으면 이곳에서 나갈 수 없다고 으름장을 놓는 순경의 말이 거짓은 아니었다. 불이 일어난 벽은 검게 그을렸고 부동산 사장님도 얼굴을 다쳤으니 많지는 않더라도 돈 들어갈 일이 있을 터였다. 주머니 속 핸드폰이 부르르 떨렸다.

— 왜 전화 안 받아. 지금 어디야?

현아와 희주가 보낸 문자였다. 부재중 전화도 아홉 통이나 와 있었다. 순진은 핸드폰을 만지작거리며 망설였다. 3박 5일 베트남으로 여행을 떠난 부모님에게 이런 소식을 전할 수는 없었다. 누구에게 이 난감한 상황을 말할 수 있을까, 순진은 입술을 깨물었다.

종기가 순진을 한눈에 알아본 건 아니었다. 취객들로 가득한 금요일 밤의 지구대는 정신없이 시끄러웠고 방문객 의자에 앉아 핸드폰을 들여다보는 20대 여성 외에는 전부 남자라 그냥 한번 물어본 것뿐이었다.

"허순진?" 그랬는데, 여자가 "삼촌." 하며 알은척을 해서 깜짝 놀랐다. 순진은 누구보다 빨리 부모가 된 영범의 딸이었다. 종기와 친구들은 영범의 딸을 무척 아꼈다. 영범을 통해 순진이 한 살씩 나이를 먹고, 나이에 맞게 사소한 말썽을 부리며 커 가고 있다는 소식은 들었다. 재작년 영범의 집에서 순진을 보기도 했지만…… 그사이 이렇게 컸나? 얘가 정말 영범 딸이 맞나 싶었는데 "쁘로씸." 하며 웃는 걸 보면서 확신했다. 쁘로씸은 부탁해란 뜻의 체코어였다.

작은 오해가 생겨 지구대에 왔고 보호자가 필요하다는 순진의 말에 다짜고짜 달려왔기에 종기는 앞뒤 사정을 몰랐다. 종기가 어떻게 된 일이냐고 묻자 순경이 대강의 사정을 얘기했다. 순진과 친구들이 학생 신분을 속이고 편의점에서 맥주를 사 야외 테이블에서 마셨고 그러다 불을 냈다고. 얘기를 다 들은 종기가 순진을 쳐다봤다. 이 얘기가 맞냐고 물으려는데 순진이 순순히 고개를 끄덕였다.

"뭐 뻔한 스토리죠. 학생들이 술 담배 하다 실수한 거예요."

피곤을 이기지 못한 순경이 가볍게 목을 돌리며 말했다. 이런 일은 지겹도록 봐서 더 알고 싶지도 않다는 표정이었다. 하지만 이 세상에 뻔한 스토리는 없다.

"불이 난 곳에도 CCTV가 비치나요?"

"그게……."

말을 흐린 순경이 현장에 같이 나갔던 팀원에게 이것저것 물었다. 난처한 얼굴의 순경을 보니 종기의 짐작대로 그곳을 찍은 영상은 없었다.

"그럼 학생들이 불을 냈다는 건 짐작일 뿐이네요. 그런데도 이 시간까지 붙잡아 둔 겁니까?"

종기의 반격이 성공했는지 순경은 편의점 알바가 사건을 의뢰해서 학생을 데려왔지만 아직 점주도 연락이 안 되니 일단은 집으로 돌아가라 했다. 연락처를 적어 놓고 지구대를 나오려는데 순경이 한마디 던졌다.

"근데 진짜 외삼촌 맞아요?"

30대 후반 종기를 제 나이로 보는 사람은 잘 없었다. 해외에서 관광 가이드 일을 하는 종기로서는 나쁘지 않은 조건이었다. 하지만 동안만으로 순경이 의심한 건 아닐 터였다. 종기는 어딘가 불안하고 어설퍼 보였다.

천문 시계가 유명한 광장에 놀러 오겠다는 순진에게 명함을 준 기억은 있지만 이런 상황에 연락할 줄은 상상도 못 했다. 순진은 삼촌이 돌아왔다는 소식을 들었고, 혼내지 않고 사건을 처리해 줄 사람이 누굴까 생각하다가 번호를 눌렀다 했다. "나를 그렇게 믿었다고?" 물었는데 뜻밖의 대답이 돌아왔다.

"삼촌도 왕년에 좀 놀았다며."

끙 소리를 냈지만 반박할 수 없었다.

순경이 말한 내용 말고, 뻔하지 않은 스토리를 듣기 위해 순진과 지구대 근처 편의점 앞에 앉았다. 저녁을 걸러 배고프다는 순진은 컵라면 면발을 호로록 빨아 당겼다.

"내일 근사한 거 사 준다니까."

제대로 된 밥을 사 주려고 했지만 문을 닫은 식당이 많았다.

"오늘 배고픈 건 오늘 먹어야지. 근사한 식사는 킵!"

장난치듯 혀를 쏙 내밀더니 순진은 컵라면 용기를 들고 국물을 들이켰다. 진한 화장이 우스워 보일만큼 영락없는 10대의 표정이었다.

순진인 공부 잘해? 결혼을 안 해 아이도 없고 게다가 프라하에 사는 종기가 한국의 고등학생 성적이 궁금한 건 아니었다. 그냥 형식적인 안부 인사였는데, 영범은 따끔하게 말했었다. 다른 사람은 몰라도 우리가 그거까지 바라면 되겠냐며, 사고 안 치고 무사히 고등학교만 졸업했으면 좋겠다고. 그러면서도 좋은 마음만은 아닌지 씨도둑은 없나 봐, 어쩜 우리랑 똑같냐, 씁쓸하게 말했었다. 그래서 순진이 공부를 썩 잘하진 않다는 걸 짐작하고 있었다.

어느새 라면을 다 먹은 순진이 종기 앞에 놓인 맥주를 살짝 훔쳐 봤다. "딱 한 모금만이다." 하며 맥주캔을 내밀자 순진은 목이 타는 듯 벌컥 들이켰다. 어쩜 우리랑 똑같냐, 는 말이 생각나 웃었다. 한 모금만 마신다던 순진은 종기의 맥주를 다 비웠다. 그러더니 미안한 지 또 혀를 쏙 내밀었다.

"순진아, 맥주 많이 마셔?"

걱정돼서 물었는데 다행히 그건 아니란다. 그러면 오늘만 특별히 마신 거냐, 물어보려 했는데 순진이 먼저 대답했다.

"남친한테 차였어. 그래서 마셨어. 이런 날은 마셔도 되잖아. 그러니까 엄마 아빠한테 말하지 마."

"차였어? 감히 어떤 놈이?"

종기가 불끈 화를 내자 순진이 피식 웃었다.

"엄만 아마 다행이라고 할걸. 남자 친구 엄청 싫어했어. 하긴 누구랑 사귀었어도 싫어했겠지만."

공부는 못 해도 좋다, 순진하게만 자라다오! 그게 영범 부부의 교육관이었다.

"엄마가 그러는 건……."

이번에도 순진이 말을 가로챘다.

"나도 알아, 왜 그러는지. 일찍 아이 낳고 힘들었다는 얘기를 귀에 딱지가 앉도록 들었으니까."

영범이네 부부는 너무 이르게 부모가 되는 것만은 하지 말아 달라는 간곡한 뜻으로 딸의 이름을 순진이라 지었다. 종기와 친구들이 그렇게 말렸음에도.

"그 새끼가 먼저 좋다고 했단 말이야. 내가 아니라 그 새끼가. 그래 놓고 헤어지자는 거야. 그럼 안 되는 거잖아."

갑자기 순진이 테이블에 고개를 묻더니 훌쩍였다.

"그 새끼가 잘못했네."

종기는 순진의 남친에게 알고 있는 험한 욕을 다했다. 죽일 놈, 썩을 놈에 나 세르 시, 까지 했더니 울고 있던 순진이 이상한 말을 들었다는 듯 눈을 동그랗게 떴다.

"그건 뭐야?"

"체코 욕이야."

그 말에 순진이 눈물을 닦으며 히죽 웃었다.

"대학 가면 삼촌한테 놀러 온다고 했잖아. 남자 친구 그만 만나고 공부해야지."

딸한테는 이런 소릴 했겠지, 하는 맘으로 한마디 했는데 본전도 못 찾았다.

"대학 가긴 쉬운 줄 알아? 삼촌도 아빠도 대학 안 나왔잖아. 대학 못 가도 놀러 갈 거야."

누구 딸 아니랄까 봐 말도 참 잘한다. 언제 울었나 싶게 순진은 후식으로 먹을 아이스크림을 고른다며 편의점으로 들어갔다. 10월의 밤바람이 제법 차가운데 열혈 청춘에겐 별거 아닌가 보다. 미간을 모으고 입술을 앙다문 채 아이스크림을 고르는 순진의 표정이 자못 심각했다.

오래전 그날, 종기를 불러낸 영범도 저렇게 심각했었는데……. 어쩌면 영범은 자신의 딸이 이렇게 작은 문제로만 심각하기를, 그래서 순진하게 살기를 바랐나 보다. 하지만 순진도 알아야 하지 않을까? 그럼 안 되는 일이 자주 벌어지는 게 바로 인생이라는 걸. 네 엄마와 아빠가 열아홉 살에 아이를 가졌던 것처럼…… 그날 그곳을 나온 직후 친구들이 세상을 떠난 것처럼…….

문단속 잘하고 자라며 종기 삼촌이 신신당부하고 떠나자 순진은 세 명이 있는 단톡방에 들어갔다. 지구대에서 삼촌을 기다리며 현아와 희주에게 자백을 받은 터라 그 일로 더 떠들고 싶진 않았다. 이미 수차례 싹싹 손을 비는 모양의 이모티콘과 소녀 죽을죄를 지었나이다, 소리까지 나오는 이모티콘을 받은 뒤였다. 두 달 전에 담배를 끊은 것은 사실이었고 오랜만에 메고 나온 백팩 안에 예전에 숨겨 둔 담배 한 개비를 발견해서 둘이서 사이좋게 피우려다 그런 실수를 저지른 거라 했다.

희엽이랑 길게 통화할 줄 알았다가 순진이 너무 빨리 돌아와서 그리된 거라 핑계도 댔다. 중요한 건 범죄 현장을 떠나는 배신에도 지구대에서 자신들의 이름을 말하지 않은 순진의 행동에 두 친구가 감동받았다는 사실이었다. 감동 모드는 길게 가지 않았다. 희주와 현아는 시사토론에 초대된 전문가들처럼 순진의 연애에 대해 지들끼리 찧고 까불었다.

— 엽이랑은 어쩔셈?

— 키스로 3개월 웨이팅은 비매너임.

— 먼저 고백했잖아. 그거 잊었음?

— 헐, 고백의 유효 기간은 도대체 얼만데?

불나기 직전의 상황과 똑같았다. 결국 순진이 답을 달았다.

— 개피곤. 나 잔다.

희엽에게 문자로 차였고, 그것 때문에 열 받아 맥주를 마시다 불 내서 지구대까지 갔다왔으니 정말로 힘든 하루였다. 몸이 녹아내릴 듯 피곤한데도 잠은 오지 않았다.

키스 구걸 그만 둔다. 리얼 순진 인정. 됐냐?

희엽은 문자 하나 보낸 뒤 전화도 받지 않고 카톡도 읽지 않았다. 문자처럼 희엽과 헤어진 이유는 키스였다. 순진이 맘에 든다고, 사귀고 싶다고 고백한 후 딱 3개월 되는 시점이었다. 그래서 현아는 먼저 고백했으면 6개월은 넘겨야 하는 거 아니냐는 주장이었고, 희주는 스킨십도 안 하는데 3개월 사귀었으면 양심은 있다는 주장이었다. 두 아이의 주장이 뭐든 간에 순진은 희엽에게 사정을 말하고 싶었다.

"아직 스킨십은 자신이 없어."

"그냥 하면 되지, 뭘 자신이 없어."

희엽은 순진의 상황을 전혀 이해 못 했다. 어느 날은 희엽과 뜨겁게 입을 맞추고 싶다가도 또 막상 하려면 숨을 못 쉴 것처럼 가슴이 아프고 온몸의 기운이 빠졌다. 번번이 거절하는 순진 때문에 희엽 역시 상처를 입었다는 것도 알고 있었다. 하지만 희엽에게 부탁하고 싶었다. 조금만 더 기다려 달라고……

어쩌면 굳게 맘먹으면 키스까지는 할 수 있을 거 같았다. 그런데 키스 다음엔 뭘 하지 생각하면 더럭 겁이 났다. 키스도 안 한 애가 벌써 진도 걱정이냐, 누가 너더러 애 낳으래, 친구들이 놀려도 순진의 걱정은 머리가 깨질 듯 아픈 두통으로 찾아왔다.

중학생이 되어서야 순진은 자신의 부모가 유난히 어리다는 걸 알게 됐다. 머리가 희끗한 친구들 엄마 아빠에 비해 순진의 부모는 주름 하나 없는 팽팽한 얼굴과 까맣고 풍성한 머리숱이었고, 그와 반비례로 재산은 볼품없었다. 그때 순진은 젊은 부모가 부끄럽다는 걸 아는 나이였다. 도대체 몇 살에 애를 가진 거야? 계산해 봤더니 겨우 스물한 살이었다. 그것도 애 하나를 잃은 뒤 순진을 가졌다 했으니 딱 봐도 10대의 임신이었다.

왜 그랬어? 순진이 궁금해서 물은 건 아니었다. 그저 이해하기 어려운 상황을 덮어 줄 변명을 듣고 싶었을 뿐이었다. 열렬히 사랑해서 그랬단다, 내지는 첫눈에 반해서 그랬어, 정도의. 그렇지만 순진의 부모는 지나치게 정직했다.

"진짜 별거 안 했어, 그렇게 빨리 애가 생길 줄 누가 알았겠어."

그뿐 아니라 항상 에휴, 긴 한숨으로 말을 끝냈다.

얼떨결에 부모란 타이틀을 가진 순진의 부모는 여러모로 미숙했고, 그 미숙함을 감추지 못했다. 순진의 아빠가 변변찮은 직업을 전전하는 동안 순진의 엄마 역시 언제 잘려도 미련 없는 시간제 일거리를 거치면서 경제적 어려움과 감정적 갈등을 폭음, 폭언, 주정, 행패 등의 형태로 순진에게 고스란히 보여 줬다. 한마디로 부부 싸움이 잦았는데 한밤중에 순진을 깨워 엄마 아빠 중에 누구랑 살래, 물어보며 다음 날 당장 갈라설 것처럼 했던 경우도 더러 있었다. 실제로 법정 앞까지 간 적도 있다는 불필요한 솔직함은 정말 알고 싶지 않았다.

혼인 신고 20주년 기념으로 베트남 여행을 떠나기까지 부모의 결혼 생활은 그야말로 반전에 반전을 거듭하는 서스펜스 영화 같았다. 그렇다고 두 사람이 아예 애정이 없는 건 아니었다. 가끔 맥주잔을 부딪치며 얼마나 힘들게 가정을 꾸렸는데, 어떻게 지금까지 버텼는데, 하며 깊은 동지애를 보이기도 했다. 하지만 본의 아니게 불행한 결혼 생활의 목격자가 된 순진은 평탄치 않은 부모의 관계가 너무 이른 결혼 때문이 아닐까 의구심을 키우게 됐다.

순진은 별거 안 했다는 엄마의 말이 가슴에 콱 박혀 있었다. 별거 안 했는데 어느 순간 뱃속에 생명이 숨 쉬고 있더라는 말은 무서웠고 자신은 절대로 남녀 관계에서 섣부른 실수를 하지 않겠다는 것이 신념이었다.

좋아하니까 키스하고 싶다는 희엽의 바람이 나쁜 건 아니었고 순진도 희엽이 좋았다. 그런데도 스킨십은 망설이고 있으니 어쩌면 희주 말처럼 자신은 연애 비매너일지도 몰랐다.

어떡하지……? 순진은 뿌옇게 날이 밝아 오도록 뒤척이며 키스에 대해, 받아들이기 힘든 이별에 대해 고민했다.

그 밤, 종기 역시 추억에 잠을 설쳤다. 혼자 살던 어머니가 큰누나 옆으로 이사 가겠다며 본가에 있는 종기의 짐을 정리해 달라고 부탁한 게 지난달이었다. 비자 문제로 일 년에 한두 번 나오는 종기의 물건이 방 하나를 차지하고 있으니 그야말로 짐이었다.

옷과 책은 어머니가 미리 처분했기에 남은 것이 없었지만 서랍에 두서없이 있는 소지품은 종기가 확인하면서 버려야 했다. 헌혈증, 제대증, 구여권 등은 한곳에 모았고 마지막까지 종기 손에 남은 건 사진 더미와 모토로라 호출기였다.

종기는 긴 숨을 내쉬며 노란 고무줄로 묶인 사진을 풀었다. 감당할 수 없는 추억들이 방바닥에 쏟아졌다. 사진 속에는 교복을 입고 담배를 꼬나문 종기와 초록색 소주병을 나발 부는 영범을 비롯해 껄렁한 표정으로, 불량한 옷차림으로 좀 놀던 포스를 유감없이 보여 준 친구들이 있었다. 세기말적 질병을 앓던 것처럼 나쁜짓을 하며 어울렸던 친구들…….

인간의 운명이 통신 상황에 따라 달라졌다면 그 말을 믿을 사람이 누가 있을까? 그날 영범은 모든 아이들에게 삐삐를 쳤다고 했다. 그런데도 종기 말고는 전화를 걸지 않았으니 녀석들에게 호출이 안 된 건지, 호출기에 뜬 신호를 무시한 건지는 아직도 잘 모르겠다.

"저것들은 왜 저렇게 몰려댕기나 몰라."

종기 엄마의 혀를 끌끌 차게 만들었던 종기와 친구들은 그날도 호프집에 모여 있었다. 영범이 오지 않았지만 그걸 이상하게 생각하진 않았다.

"여자 생기더니 새끼가 완전 빠져서……."

잠깐 불평했지만 그것도 오래가지는 않았다. 옆 테이블에 앉은 여학생들과 합석해 놀기 시작했으니까. 삐삐가 울린 건 그 얼마 후였다. 번호를 보니 영범이었다. 꽤 마음에 든 여자애가 종기에게 말을 걸고 있어 무시할까 했지만 웬일인지 마음 쓰였다.

"단골 좋은 게 뭐예요, 딱 한 통만 쓸게요."

서빙하는 형님에게 사정해 영범에게 전화를 걸 때도 별일 아니면 죽어 버린다는 장난스런 마음이었다. 그런데 귀가 찢어질 듯한 리키 마틴 음악 속에서 겨우 들리는 영범 목소리는 심상치 않았다. 할 얘기가 있으니 당장 집으로 와 달라는 말에서 종기는 다급함과 절박함을 느꼈다. 영범은 다른 애들도 데려오라 부탁했다.

"지금 어떻게 가? 우리가 같이 놀자 해 놓고."

합석을 주도했던 녀석의 말도 틀리진 않았기에 결국 종기는 맘에
드는 여자가 없어 시큰둥한 애들 몇을 데리고 그 자리를 떴다. 영범
에게 가면서도 종기는 딴 패거리한테 얻어터졌나, 그래서 애들이랑
같이 오라는 건가 그렇게만 추측했다.

종기의 예상과는 달랐지만 영범은 훅, 들어온 운명의 어퍼컷에 녹
다운 된 상태는 맞았다.

"아무래도 수미가 임신한 거 같아."

"임신?"

영범의 말을 들은 종기와 친구들은 그대로 얼어붙었다. 그건 담
배 피우다 학생 주임에게 걸린 것과는 질적으로 다른 문제였고 한
번도 생각해 본 적 없는 상황이었다. 영범이 친구들을 급하게 부른
건 돈을 빌리기 위해서였다. 여자 친구가 아침부터 울고 있다며, 정
확한 진찰을 위해 병원에 가 봐야겠다며, 어떻게든 자신을 도와 달
라 했다. 그때 영범의 얼굴은 겁에 질렸고 절박해 보였다. 종기는 커
튼도 없는 불투명 창으로 들어온 오후의 햇살 속에서 마냥 까불면
서 살기엔 인생이 호락호락하지 않다는 걸 처음으로 느꼈다. 그날
종기와 친구들이 주머니를 털어 모은 돈은 겨우 이만천 원이었다.
종기는 돈을 더 마련하기 위해 다른 친구들을 찾아 나섰다가 화재
소식을 들었다.

어린 것들이 술을 마셨다는 이유로 종기의 친구들은 죽어서도 욕을 들었다. 희생자들의 이미지를 탈선, 불량 같은 단어로 뒤덮어 뿌리 뽑아야 할 암적인 존재로 만든 것이 어쩌면 사건을 축소시키려는 음모였을 수 있다 느낀 것도 사건 한참 뒤였다. 종기와 친구들은 어렸고 어리석었다.

운 좋게 살았지만 종기도 사건의 대가를 혹독하게 치렀다. 죽은 친구들에 대한 아픔과 죄책감은 종기를 주눅 들게 했고, 내가 아니라 다행이었단 안도감은 종기를 난폭하게 만들었다. 사건 이후 도망치듯 군대를 다녀왔고 친척과 지인의 소개로 소규모 회사를 몇 군데 다니다 처음 듣는 여행사의 가이드 모집 공고를 보았다. 해외에서 한국인들 대상으로 가이드를 하는 거라 체코어를 못 해도 된다기에 종기는 무작정 도전했고, 기본급도 보장 안 된 허술한 급여 탓에 지원자가 없었던 그 자리에 당당히 뽑혔다. 아주 멀리 떠나고 싶었던 종기는 이름처럼 짜지 못한 곪은 상처를 안고 체코로 떠날 수 있었다.

지구대에 있느라 무음으로 했던 핸드폰을 열었더니 단톡방에 못 본 카톡이 여러 개 있었다. 그중 하나는 흙탕물 범벅인 강을 배경으로 베트남 전통 모자 '농'을 쓴 영범 부부 사진이었다. 사진 아래로 객쩍은 댓글이 쭉 달려 있었는데, 순진이 동생 생기지 않게 조심해라, 를 보고는 종기도 웃음이 터졌다. 먼저 간 친구들에겐 미안했지만 살아 있어 좋은 순간들이 분명 있었다.

편의점 사장은 피해 보상금으로 삼백만 원을 요구했다. 순진은 헉, 놀랐는데 삼촌은 의외로 담담했다. 그렇게 지구대에서 전화를 걸어도 받지 않던 사장은 삼촌이 화재 사건 때문에 통화하고 싶다는 문자를 남기자마자 바로 연락이 왔다. 편의점 앞 파라솔 테이블에 앉은 사장은 뭔가 작정하고 나온 게 느껴졌다.

"저게 보기와 다르게 친환경 페인트라 돈이 꽤 들었어요. 실외기도 그을러서 바꿔야 하고, 옆집 부동산에도 치료비 드려야 하고. 대충 뽑아 본 게 그 정도예요. 학생인데 경찰서까지 가면 안 좋잖아요. 그래서 사건 진정서도 아직 넣지 않았어요."

사장은 순진이 학생이라는 걸 강조하며 좋게 해결하자고 했다. 순진은 삼촌에게 미안해서 고개를 못 들었다. 이렇게 큰돈이 들어갈 줄 알았으면 연락하지 않았을 거였다.

"이 테이블이 편의점 거죠?"

삼촌이 뜬금없이 파라솔 기둥을 만지며 물었다.

"그건 왜……." 하면서 조심스레 묻는 사장의 말을 끊고 삼촌이 말을 이었다. 손님의 편의를 위해 테이블을 내놓은 건 알지만 아마도 지자체 허가를 받지 않았을 테니 도로교통법 위반이며, 또 여기서 손님들이 맥주를 마셨다면 편의점이 휴게업소이니 식품위생법 위반일 거라고.

"학생이 술 먹고 담배 폈으니 잘못이 크죠. 따끔하게 혼나야 돼요. 그러니까 진정서 내고 싶으시면 내세요."

편의점 사장 얼굴이 붉으락푸르락했지만 삼촌은 태연했다. 결국 삼촌의 배짱에 사장도 꼬리를 내렸고 수긍할 만한 금액으로 돈을 지불했다. 지구대에도 사건을 의뢰하지 않겠다는 약속도 받아 냈다.

"무슨 배짱으로 그런 딜을 한 거래?"

순진이 파스타를 포크로 돌돌 말았다. 농담이었다 해도 삼촌은 어제 킵해 둔 근사한 걸 사 주겠다고 고집했고 순진이 고른 메뉴가 파스타였다.

리조또를 먹던 삼촌이 무슨 말이냐는 듯 순진을 쳐다봤다. 삼촌은 원래 사장이 원하는 대로 하겠다고 말했었는데 갑자기 태도를 바꾼 거였다. 정말로 편의점 사장이 경찰서에 진정서를 내겠다면 어쩌려고 했는지 삼촌의 속내가 궁금했다.

"학생이라며 뭔가 약점을 잡은 듯이 구는 게 싫었어. 아까 보니까 불이 난 곳은 좁고 음침해서 쉽게 사건이 일어날 공간이었어. 미리 출입을 통제하거나 전등을 다는 식으로 근본적인 방법을 생각했어야지. 타인에게 잘못을 전가시키려는 태도가 맘에 안 들었던 거야."

그러더니 말을 마친 삼촌이 장난처럼 몸을 부르르 떨었다.

"작전이 먹혔으니 망정이지 사장이 끝까지 가겠다고 했다면……

아휴, 생각하기도 싫다."

사장 앞에서도 꿀리지 않고 당당하게 말하기에 뭔가 믿는 구석이 있나 여겼던 순진은 삼촌 모습에 어이가 없었다.

"뭐야, 그런 거였어? 그리고 상황 판단은 바로 해야지. 나 약점 잡힌 거 맞거든."

아까의 기세대로라면 무슨 약점이냐며 괜찮다고 할 줄 알았는데 삼촌은 멍한 표정으로 혼잣말하듯 중얼거렸다.

"약점은 맞지. 하지만 그 약점보다 더 많은 오해와 억측을 덧붙이면 안 되지. 그건 반칙이야."

그것도 잠시, 어느새 표정을 감춘 삼촌이 외국 생활하다 보면 밥이 제일 맛있다며 리조또를 크게 떠먹었다. 하지만 이번엔 순진이 멈칫했다. 무슨 말인지 알 것 같았다.

"……그때 말하는 거지?"

옆 테이블에서 메뉴를 주문하느라 소란한데도 삼촌은 순진의 말을 귀신같이 알아들었다. 삼촌이 믿을 수 없다는 얼굴로 순진을 빤히 쳐다봤다.

"나 알아."

순진이 확답을 주자 더 놀랐다.

"어떻게? 그럴 리가 없는데…… 얘기 안 했다고 했는데……."

아빠도 엄마도 순진에게 아무런 말을 하지 않았지만 제대로 숨기지도 못 했다. 술 먹으면 방심하듯 그 얘기를 했으니까. 물론 순진이 눈치챌까 그때, 그 일 등으로 감춰 말했지만 조금만 검색해도 나오는 사건을 순진이 알아내는 건 어렵지 않았다.

"하여튼 여러 방면으로 조심성이 없어요."

삼촌이 에둘러 말했지만 순진은 그 말도 알아듣고 킥킥 웃었다.

"네 아빠 엄마의 조심성 없는 행동 덕분에 나랑 친구들은 살았어. 그렇지만 죽었어도 살았어도 엄청 욕을 먹었지. 그 약점 때문에."

뜻하지 않게 분위기가 무거워졌다.

"다 들었어. 아빠랑 삼촌 그때 엄청 잘나갔다며?"

어색한 분위기를 없애려 순진이 농담을 건넸더니 "어떻게 알았어, 네 아빠랑은 가출도 같이했는 걸." 하며 삼촌도 장난으로 받았다.

"양아치처럼 살아서 요 모양 요 꼴로 산다고 하는 사람도 있을 거야. 그때 모습에 손톱만큼도 후회가 없는 것은 아니지만, 그래도 뭐 많이 나쁘진 않잖아? 물론 우리 엄마는 아직도 철들려면 멀었다 말하지만. 네 눈에도 아빠 엄마가 어설프지?"

순진은 선뜻 아니란 대답이 나오지 않았다.

"그래도 자신의 행동에 책임을 진 건 대단하다 생각해. 쉽지 않았을 텐데."

그건 진심이었다. 죽네 사네 하면서도 최선을 다해 살고 있다는 점만은 인정했다.

"딸한테 인정받기 쉽지 않은데 영범이 자식 잘 살았네."

순진의 대답이 의외였는지 삼촌은 부러워했다.

　"왕년에 좀 놀아 본 선배로 하는 말인데…… 순진아, 네 스스로 약점이라고 생각한다면 그건 그만둬야 해. 무슨 말인지 알지?"

　다른 사람이 말했다면 꼰대니 진상이니 하며 질색했을 테지만 왕년에 놀아 본 선배의 말에는 꼼짝 못 하게 만드는 힘이 있었다. 그건 공부 안 하고 놀았더니 이 나이에도 빌빌거리는 거 안 보여, 하는 경고가 아니었다. 어쩌면 아직도 제자리를 찾지 못해 우왕좌왕 모양 빠지게 살지만 이런 삶도 있을 수 있다고 말해 주는 격려 같았다. 필요하면 한 번쯤 들여다보라고 휙 던져 준 나침반 같았다.

　"지는 할 짓거리 다 해 놓고 어디서 꼰대질이야, 이렇게 생각하는 건 아니지?"

　괜한 말을 했나 걱정됐는지 삼촌이 조심스레 물었다.

　"알면 됐어."

　순진은 그새 식어 버린 파스타를 입속에 우겨 넣었다. 이렇게 전하는 진심도 있는 법이다.

　계속 울리는 핸드폰을 외면하기 힘들었는지 삼촌이 일어섰다. 그리고 헤어지기 전에 사진첩 하나를 내밀었다. 장기 체류하는 가이드들끼리 기념으로 만들었는데 크게 볼 건 없다면서. 순진도 선 채로 잠깐 훑어 봤는데 정말 볼 게 없었다.

종기 핸드폰에 뜬 이름은 이미란이었다. 작년에 영범의 소개로 한 번 만났던 여자.

돌아왔단 얘기 들었어요.

여자는 그제 짧은 문자 하나를 보냈고 오늘은 전화를 걸어왔다. 옆 오피스텔에 근무하는 여자라 했으니 영범에게 소식을 들었을 테지. 영범 얼굴을 봐서라도 답 문자 하나 남겨야지 하면서도 마음먹기가 쉽지 않았다. 여행사 일과 향후 자신의 거취에 대해 알 수 없다며 종기가 완곡하게 거절했을 때 영범은 버럭 화를 냈다.

"기반 잡고 사는 사람이 몇이나 되겠니? 모르긴 몰라도 재벌들도 쪼들린다 소리 할걸."

마음이 없는 건 아닌 거 같더라, 작년에 너 만난 뒤로 몇 번이나 언제 나오냐 묻더라, 아직 다른 사람도 곁에 안 두었더라, 영범은 진짜 괜찮은 여자라며 한 번만 더 만나 보라 권했다.

종기가 보기에도 여자는 참했다. 하지만 그게 다였다. 투어에 참가하는 고객 응대는 쉬웠는데 개인적인 만남은 어려웠고 여자와의 첫 만남도 이상하게 삐걱거렸다.

"프라하는 돌길이에요. 프라하처럼 큰 도시만 해도 비슷한 크기와 높이의 돌들이 깔려 있어 걸을만 한데, 조금만 외곽으로 나가면 그야말로 자유분방한 놈들이 바닥에 포진하고 있어 방심하고 걷다 보면 돌부리에 걸려 넘어지기 일쑤예요. 캐리어 바퀴 빠지는 것도 흔한 사고지요."

같이 걷던 여자가 삐끗했을 때 종기가 한 말이었다. 말을 내뱉고 나서야 아차 했다. 그런 길도 있는데 이렇게 매끈한 아스팔트에서 뭔 엄살이냐, 들릴 수도 있겠구나 싶었다. 뒤늦게 종기가 괜찮냐 물었을 때 여자가 말했다.

"울퉁불퉁한 돌길 걸으려고 프라하에 가는 거겠죠. 바퀴 빠지는 사고 정도는 뭐……."

여자는 소리 없이 웃었다.

"꽃길만 걷는 인생이 어디 있겠어요? 저도 그 길 걸어 보고 싶네요."

한번 만났을 뿐이지만 인상에 남는 여자였다. 하지만 이국 땅에서 낯선 사람과 하루씩 관계를 이어가며 살았던 종기로서는 누군가를 길게 만나는 게 익숙하지 않았다. 떠날 날이 얼마 남지 않아, 하다가 변명 같아 지웠고 프라하에 한번 놀러, 쓰다가 입에 발린 소리라 또 지웠다.

문자 보내기를 포기하고 핸드폰을 내려 놓았을 때 톡, 알림음이 울렸다. 이번엔 영범이 올린 동영상이었다. 두 사람이 들어가면 꽉 찰 듯 보이는 동그란 바구니 배가 여러 척 강가에 떠 있고 그중 몇 척의 배가 격렬하게 좌우로 흔들리는 영상이었다. 노을 지는 강변의 호젓한 배경에 어울리지 않게 오빠 강남 스타일~ 노래가 나오는 걸 보니 한국인 단체 관광객을 위한 이벤트로 보였다. 영범이 찍은 영상 속에서 들리는 웃음의 주인공은 수미였다. 킥킥, 참을 수 없다는 듯 흘러나온 웃음소리는 젊고 푸르렀다.

영상을 보면서 종기는 잊고 있었던 여자의 얼굴이 또렷이 떠올랐다. 그때 제법 마신 맥주로 취기가 오른 종기는 여기저기 떠도는 이국의 생활이 지겹다고, 이제 정착하고 싶다고 말했다. 처음 보는 여자에게 할 소린 아니라는 걸 알면서도 누군가에게 털어놓고 싶은 욕망을 참을 수 없었다.

"저는 매일 아침 8시 20분이면 오피스텔에 나가 전날 밤 두바이나 말레이시아에서 들어온 오더를 체크하고 탕비실에서 커피를 내려요. 날마다 똑같은 곳에서 똑같은 일을 하지만 항상 부유하고 있단 느낌을 받아요. 종기 씨만 그런 건 아니에요."

조용히 말을 마친 여자가 입가에 묻은 맥주 거품을 쓱 닦았다. 마르고 작은 여자였는데 내면이 강하구나 느꼈던 기억이 났다.

친구들을 보낸 뒤 영범은 우린 죽음의 문 앞에서 얼결에 살아난 거라고, 그러니 모든 시간이 보너스라고, 친구들이 넘겨준 바통을 이어받은 만큼 후회 없이 살아야 한다고 말했다. 폼 잡지 말라고 비아냥거리긴 했지만 사실 종기도 그 말이 정답이라고 생각했었다. 친구들의 시간을 이어받았는데도 종기는 바통을 놓친 계주 선수처럼 망연자실 제자리에 서 있단 느낌이었다. 바통을 찾을 생각조차 못하고 앞서 나가는 선수들을 보며 발만 동동 구르는……. 친구들의 죽음 언저리에서 아직 서성이는 발걸음을 이제 비로소 삶의 방향으로 돌려야 했다. 종기는 급하게 핸드폰 키패드를 눌렀다. 무심한 여자의 미소가 몹시 그리웠다.

체코에서 오래 머문 가이드들이 찍었다는 사진첩엔 천문 시계탑이나 프라하성 같은 절경이 하나도 없었다. 굴뚝 모양 빵을 구워 파는 노점상, 골목길에 피어 있는 작은 꽃, 비에 젖은 돌길, 햇살이 비치는 카페, 무심히 달리는 트램, 광장의 비둘기, 성당 옆의 포도밭, 알 수 없는 언어가 새겨진 무덤가 비석……. 주변의 이국적 외모가 아니라면 한국의 어디와 다를 것이 없었다.

사진은 연결점을 찾기 어렵게 뒤죽박죽 묶여 있었다. 체코를 떠나는 동료를 위해 만들어 나눠 가졌다 했으니 소수의 독자를 위한 것이겠지만 각자의 임팩트 있는 순간을 촬영했을 텐데 왜 이런 사진들로만 묶였을까 의아했다. 순진은 사진을 몇 번 더 보았고 그러다 깨달았다. 그들에겐 체코가 관광지가 아니었다. 매일 아침 일을 시작하고 하루를 마감하는 공간일 뿐이었다. 그들에게 그곳은 그냥 일상이었다.

일상의 눈으로 사진을 보니 가장 임팩트 없는 사진 하나가 순진의 눈에 들어왔다. 삐죽삐죽한 돌이 깔린 길이었다. 비에 젖어 미끄러운, 넘어지기 딱 좋은 돌길. 삼촌은 왜 이걸 내게 줬을까. 이국에서의 삶이 이렇다는 은유적 표현인가, 아니면 이런데도 올래, 하는 위협인가. 뭐가 되든 상관없었다. 넘어져도 다쳐도 순진은 갈 테니까. 프라하 광장에서 쌉싸름한 흑맥주를 당당하게 마실 테니까.

순진이 사진들을 보고 있을 때 카톡 알림음이 연달아 울렸다. 현아와 희주였다. 화재 사건은 잘 해결했다고 보고했는데 또 무슨 일이람. 현아는 희엽 프로필 상태 메시지에 투애니원의 〈Lonely〉가 떠 있다고, 대놓고 헤어졌다고 떠드는 거라며 화를 냈다. 순진도 어제 헤어졌는데 벌써 그런 거까지 바꿨나 싶어 서운한 마음이 들었다. 희주는 한술 더 떠 7반 소연이가 예전부터 희엽을 맘에 들어 했다고, 헤어진 걸 알면 득달같이 달려가 고백할 거라고 순진에게 뭐라도 액션을 취하라고 부추겼다.

괘씸하다와 넌 어쩔 거야, 떠들어 대는 두 아이의 말이 듣기 싫어 순진은 핸드폰을 꺼 버렸다. 그래도 궁금해서 희엽이 프로필에 띄워 놓았다는 노래 가사를 찾아봤다.

이미 오래전부터 난 준비했나 봐 이별을~
사랑이란 내게 과분한가 봐, 네 곁에 있어도
baby I'm so lonely lonely lonely~.

확실한 이별로 보이기도 했지만 아직 헤어지기 싫다는 절규로 느껴지기도 했다. 노래만으로는 희엽의 마음을 알 수 없었다.

아무것도 안 하자니 불안해서 순진은 다시 핸드폰을 켰다. 겨우 몇십 분 사이 글을 남긴 건지 카톡 알림음이 연달아 울렸다. 이것들이 남의 이별에 아주 신났네. 열 받아 카톡을 열었는데 이번엔 엄마였다. 엄마가 올린 사진이 줄줄이 떠 있었다.

아빠와 엄마는 호이안에 있었다. 색색의 등불 아래에서, 비좁아 보이는 바구니 배에서, 전통 시장 앞에서 찍은 사진마다 두 사람은 웃고 있었다. 파인애플 그림 커플티를 입은 모습이 혼기를 살짝 넘겨 결혼한 신혼부부 같았다.

엄마는 아빠의 욕하는 모습에 반했다고 했다. 욕? 사람에게 빠지는 순간이 저마다 다를 테지만 엄마의 독특한 취향을 이해할 수 없어 되물었을 때 엄마는 부끄러운 고백을 하듯 대답했다. 아빠만큼 상스럽지 않게 욕하는 사람은 없을걸. 순진도 아빠가 욕하는 모습을 자주 봤다. 특히 뉴스를 볼 때면 순진이 옆에 있음에도 가감 없이 하고 싶은 욕을 다했다. 니미럴, 시발. 혀가 짧은 아빠의 욕은 쌍시옷이 아닌 번데기 발음이었고 상스럽진 않았지만 우스웠다. 사진 속의 엄마는 상스럽지 않게 욕을 하는 남자와 사랑에 빠진 표정이었다.

"인생 별거 없다."

노력하면 성공할 수 있다는 등의 교훈적인 말도 하나쯤은 알고 있을 텐데 순진의 부모는 내숭 없이 자신들의 가볍고 얇은 생각을 서슴없이 말했다. 쌉싸름한 흑맥주와 이슬의 소맥 비율과 프라이드치킨과 샛노란 황도 같은 안주 취향만 잘 맞아도 세상 살 만하다며.

그때 순진은 징글맞게 싸우면서도 결국 이런 시시한 이유로 헤어지지 못하는 건가 싶어 부모의 수준에 실망했었다. 하지만 지금 이 순간 순진에게 가장 필요한 사람은 훌륭한 격언을 해 줄 위인이 아니라 바로 자신의 부모였다. 순진의 등을 두드리며 인생 별거 없다고, 괜찮다고, 말해 주는 취기 어린 목소리가 듣고 싶었다.

아무도 없는 집에서 순진은 울었다. 울면서 희엽이 보고 싶었다. 헤어지고 싶지 않다는 걸 헤어지고 나서야 알았다. 순진이 고개를 들었을 때 펼쳐 놓은 사진첩 위에 눈물이 떨어져 있었다. 눈물이 고인 돌길은 더 미끄러워 보였지만 반짝여서 아름다웠다. 약점 많고 어설펐던 누군가도 이 돌길을 걸으며 나쁘지 않은 어른이 됐을 테지……. 한 발이라도 떼어야 사건이 일어나고 역사가 시작되는데 나는 뭐가 무서워서 제자리를 맴돌았을까. 순진은 눈물을 닦고 아직 늦지 않았어, 혼잣말을 했다. 넘어가기 직전의 해가 창을 넘어 순진의 발치까지 길게 내리비췄다.

1999년 10월 30일, 인천의 화재 사건을 뉴스를 통해 보았다. 50여 명의 사망자가 나이 어린 학생이어서 더 크게 와 닿았던 기억이 난다. 고등학생을 상대로 영업을 했던 호프집과 경찰의 유착 관계나 허술한 소방 검사 등 드러난 문제가 한두 개가 아니었기에 긴 시간 진상 조사가 이뤄질 거라 믿었지만, 여타의 대한민국 재난 사고처럼 사건은 금방 잊혀졌고 나에게도 그랬다.

2012년 7월, 나는 프라하를 여행 중에 그를 만났다. 자유 여행이어서 프라하 시내를 안내해 줄 원데이 투어를 신청했고 그는 그곳의 가이드였다. 비가 오는 날이었기에 예약 취소가 많아 같이 투어를 했던 인원은 가이드 포함 6명이었다. 투어 시스템을 잘 알진 못하지만 고객이 적으면 가이드 수입도 적을 거라는 짐작은 가능했는데, 그는 오히려 오붓한 투어가 맘에 든다며 웃는 얼굴로 인사했다. 비에 젖은 프라하는 충분히 아름다웠고 체코의 역사부터 유적지의 스토리까지, 투어도 만족스러웠다.

다음 날 나는 늦은 점심을 먹으러 들른 식당에서 그를 다시 만났다. 어떻게 프라하에서 일을 하게 됐는지 질문했지만 그건 정말 궁금해서가 아니라 자리의 어색함을 메우기 위해서였다. 모처럼 맞은 휴일이라 그랬는지 아니면 모국어 수다가 그리웠는지 그는 자신이 한국을 떠날 수밖에 없었던 이유가 있다며 들을 준비가 되었냐고 물었다.

그는 인천 호프집 화재 사건이 일어나기 바로 직전에 그곳을 빠져나온 사람이었다. 그렇게 어린 친구들이 억울하게 죽었는데 누구의 애도도 못 받고 불량 학생으로만 매도되는 현실을 견딜 수 없었다며……. 저도 막 살았어요. 한때 그럴 수 있잖아요. 그게 그렇게 죽을죄예요? 누가 누구의 인생을 단죄할 수 있을까. 그의 긴 얘기를 들으며 나는 아무 말도 할 수 없었다.

이야기는 그렇게 찾아왔고 사건 20주년이 되는 지금에야 겨우 끝맺을 수 있었다. 어딘가에서 나쁘지 않은 어른으로 잘 살아갈 그에게 안부를 전하고 싶다.

정은숙

수호천사와
인생의 맛

:

김 혜 진

:

처음으로 인생을 맡게 되었을 때 그는 몇 가지 결심을 했다. '최고의 인생으로 가꾸겠다' 혹은 '게을러지지 말자'처럼 초보들이 할 법한 다짐 외에 하나가 더 있었으니, 그건 바로 이 인생에 쓴맛은 절대 넣지 않겠다는 것이었다.

　수습이던 시절부터 그는 늘 의문을 품고 있었다.

　'과연 인생에 쓴맛이 필요할까?'

　스승과 선배들이 당연한 듯 쓴맛을 첨가하는 것을 볼 때마다 그는 자기도 모르게 얼굴을 찌푸리곤 했다. 다양한 맛을 골고루 섞어 넣어야 한다는 명제에는 그 또한 동의했다. 단맛, 신맛, 고소한 맛, 짠맛, 심지어 비리고 아린 맛까지도 포용 가능했다. 하지만 '쓴' 맛은,

그의 생각에는 맛의 범주에 들지 않았다. 매운맛은 쾌감이라도 주지만 쓴맛은 말 그대로 고통일 뿐이지 않은가.

그가 물으면 선배들은 당연한 것을 묻는다며 호통을 치거나, 엉뚱한 데 신경을 쓴다고 혀를 차거나, 어디 모자란 후배를 달래듯 상냥하게 설명해 주었다.

"당연히 쓴맛이 필요하지. 그래야 다른 맛들이 돋보일 테니까."

'굳이 비교하여 돋보여야 할 필요가 있을까요?'

그는 질문을 삼키며 고개를 끄덕였다.

그리고 마침내 온전히 스스로의 힘으로 하나의 인생을 돌보게 되었을 때 그는 결심했던 것이다. 쓴맛은 한 자락도, 단 한 톨도 이 인생에 닿지 않게 하겠노라고. 어차피 맛을 보게 되는 것은 그 자신이 아니었는데도 그랬다.

그는 정성 들여 자기가 맡은 인생을 보살폈다. 알맞은 습도와 온도, 적절한 자극과 방치. 인생에는 필요한 것이 많았고 그를 포함하여 인생을 돌보는 이들은 맡은 바 최선을 다했다.

이쯤에서 그들이 돌보는 인생이 과연 무엇인지 한번 짚고 넘어갈 필요가 있겠다. 이곳에서 인생은 통상 '돌'이라 불렸다. 평균적으로 인간의 주먹만 한 크기였으나 그보다 작기도, 크기도 했으며 삶이 그러하듯이 끊임없이 그 형태를 바꾸었다. 그 변화는 때로는 지극히 미미하여 그 돌을 담당한 이만이 알아볼 수 있었다.

'봐, 색깔이— 온도가— 질감이 변했잖아!'라며 동료가 호들갑을 떨면 허허 웃으며 고개를 끄덕여 주는 것이 이곳의 미덕이었다.

그러나 그들의 섬세한 보살핌과 이 돌의 변화가 인간의 삶에 어떤 영향을 끼치는지는 확실히 밝혀진 바 없었다. 누구도 그에 대해서는 별 관심이 없었고 의문을 제기하지도 않았다. 어차피 한번은 그 연결 고리를 보게 되었으니 바로 인간이 죽고 난 후였다.

죽고 나서 자기 생애를 영화 관람하듯 보게 된다는 것은 실제로 일어나는 일과는 좀 다르다. 그것을 정말 '보려면' 시간이 너무 오래 걸리기 때문이다.

대신 인간들은 돌의 변화를 보고, 듣고, 맛본다. 돌은 인간이 자기 육체를 벗어남과 동시에 본디 상태로 돌아가는데, 당사자가 와서 살짝 건드려 주면 빠른 속도로 변화를 재현한다. 다른 사람은 몰라도 그 본인은 눈 돌릴 틈 없이 색깔과 소재와 모양을 바꾸어 가는 돌을 통해 인생 전체를 반추할 수 있는 모양이었다. 그도 직접 경험해 본 게 아니니까 확신할 수는 없지만 인간이 짓는 표정으로 보아선 그 설명이 맞는 것 같았다. 대부분은, 처음에든 중간에든 끝에든 꼭 울었다.

괜찮은 삶을 산 사람들, 즉 돌이 괜찮은 모습을 하고 있는 사람의 경우라면 그의 동료들은 자랑스러운 표정, 그러니까 '나에게 감사해.' 하는 표정을 하고 뿌듯하게 서 있곤 했다. 반대의 경우라면 측은한 표정, '도대체 왜 그따위로 살았어?' 하는 안타까움에 약간의 화를 섞은 표정을 짓곤 했다. '잘되면 내 탓, 못 되면 네 탓'의 원칙을 고수해 온 셈이었는데 지금 그는 그럴 수가 없었다. 이 돌이 이렇게 된 것은 100퍼센트 그의 탓이기 때문이었다. 이러다간 '고맙지?'는커녕 그 인간이 이곳에 왔을 때 무릎을 꿇고 싹싹 빌어야 할 판이었다.

"저는, 잘해 보려고 했던 겁니다."

그건 명백한 사실이었다. 그 누가 인생을 제대로 보살피고 싶지 않겠는가.

"그럼 저건 뭔가?"

소장이 탁자 위에 놓인 것을 가리켰다.

그는 참혹한 기분으로 그것을 바라보았다. 한때 그의 자랑거리이자 불면 날아갈 새라 소중히 아꼈던 그 돌은 형편없이 찌그러지고 눌어붙고 갈라져 원래 어떤 형태였는지 짐작할 수도 없게 되어 버렸다. 혼란과 모순과 예외가 판치는 이곳의 기준으로 보아도 이건 좀 심했다.

열린 문 너머로 동료들이 수군대는 소리가 들려왔다. 동정과 경악과 한숨이 화음처럼 따라붙었다.

억겁에 가깝도록 기나긴 이곳의 역사에서 그 같은 실수를 한 이는 없었노라고, 소장이 얼음장처럼 차가운 목소리로 말했다.

"책임져야겠네."

소장이 근엄하게 선언했다. 그는 펄쩍 뛰도록 놀랐다.

"아니, 책임이라니요? 책임을 어떻게 집니까……?"

한번 변한 돌을 복원하는 일은 불가능했다. 인간이 죽어 이곳으로 오기 전까지는 말이다.

"그쪽에 가서 찾아보게."

"뭘 말입니까?"

그는 멍청한 표정을 하고 되물었다. 소장은 참을 수 없다는 얼굴로 그를 노려보았다.

"자네가 – 망쳐 놓은 – 이 – 인생의 – 주인 – 말이야!"

그는 정말이지 깊은 충격을 받았다. '주인'이라 했던가? 물론 이 돌이 한 인간 삶의 핵심이며 정수이며 인생 그 자체라는 것을 그도 당연히 알고 있었다. 하지만 그것은 피상적인 지식이었을 뿐, 정말로 한 사람이, 살과 피를 지닌 존재가 이 돌에 연결되어 있다는 것을 지금 이 순간에야 절실히 깨달았던 것이다.

어찌나 충격을 받았던지 그는 정말이세요? 농담이시죠? 하고 되묻거나 어떻게 말입니까? 하고 보다 생산적인 반응을 하는 대신에, "네, 알았습니다!"라고 똑 부러지게 외쳤다. 소장은 누그러진 얼굴로 고개를 끄덕였다.

그러나. 하지만. 세상에.

그가 넋 나간 채 서 있는 동안 소장은 자기 방으로 돌아갔고, 그와 그 돌만이 넓은 방에 덩그러니 남게 되었다.

도대체. 맙소사. 어떻게?

그는 돌을 내려다보았다. 아니지, 인생……. 그러자 무서워졌다. 죄책감과 책임감이 목덜미를 잡고 마구 흔들어 대는 기분이었다.

어-지-러-워- 그만해!

그는 털썩 바닥에 주저앉고 말았다.

그렇다면 이 '인생의 주인'은 어떻게 되었을까?

누구인지는 모른다. 적어도 지구의 육지에 사는(물속에 사는 보다 많은 인간들은 그의 영역 밖이므로 언급하지 않겠다.) 인간 중에 하나일 것이다.

솔직히 말하면 그 인간이 누구인지, 어디에 사는지 그는 몰랐다. 여기 일하는 그 누구도 그런 건 몰랐다.

그걸 몰라도 일하는 것에는 아무 문제가 없었다. 인간들도 그 돌과 자신의 관계를 궁금해하지 않았다. 인간은 보통 여기서의 경험만으로도 압도되었으며, 설명해 주지 않아도 다들 잘 납득하는 것 같았다. 그가 보기엔 인간들은 어떤 형태로든 사후의 세계를 준비하는 듯했다. 그 돌을 보고 나면 인간들은 어디론가 사라지고 돌 역시 녹듯, 바람에 흩어지듯, 불에 타듯, 아, 어떻게 정확하게 묘사할 수 있을까, 사라졌다.

어쨌든 그가 지구로 내려가게 되었다는 말을 듣고 그의 동료들은 놀라고 두려워하고 감탄했다.

"나도 가 보고 싶은데 말이야."

그2가 말했다.

"그럼 너도 저런 짓을 해 보면 되잖아."

그3이 돌을 가리키며 말했다. 그래서 분위기가 잠시 험악해졌지만, 그4가 상냥하게도, "우리 중에 거기 가 본 사람은 네가 처음이네. 축하해. 다녀와서 재밌는 이야기 많이 들려줘!"라고 말해서 분위기가 풀렸다.

준비할 것은 그 돌밖에 없었다. 돌을 조심스럽게 두 손에 쥐고 돌아 나오는데 방에 걸린 문구가 그의 눈에 들어왔다.

그의 인생이 내 손 안에.

기억나지 않을 만큼 오래전부터 보아 왔던 그 말이 바로 문자 그대로의 뜻임을 왜 몰랐었나. 인생이란 단어 앞에 붙은 '그'와 '의'. 누군가의 존재가 묵직하게 그의 어깨를 눌렀다.

지구로 가는 것은 쉽지 않을 거라고 생각했지만, 쉽지 않을 거라는 기분으로 지나치게 오래 기다리는 것이 쉽지 않았을 뿐 막상 절차 자체는 간단했다. 어이없이 간단해서 허무했다.

그 견디기 힘든 긴 시간 동안 그는 '인생의 주인'을 만나 무엇을 해야 할지, 뭐라고 말해야 할지에 대해 고민했다.

우선 사과를 해야 한다. 그는 사과보다는 변명에 익숙했지만 이런 경우에는 가감 없는 사과가 필요할 것이다.

그리고, 바로잡는다? 어떻게? 그의 동료들과 선배들은 하나같이 고개를 저었다. 이건 너무 심해. 차라리 깨부수고 새로 만드는 게 낫지. 어쩌다 이렇게 한 건가?

어쩌다…… 그래, 어쩌다. 그는 가슴이 콱 막히는 듯해 몇 번이고 숨을 크게 들이마셨다.

그가 그토록 쓴맛에 집착하지만 않았어도 이런 문제는 생기지 않았을지 모른다.

쓴맛을 넣지 않으려다 보니 피해야 할 재료나 조치가 많았다. 그로 인한 밋밋함을 커버하려 온도와 압력을 과하게 조정했고 돌이 변하는 모습에 홀려 조금만 더, 조금만 더를 되뇐 결과가 바로 이것이었다.

숨을 너무 많이 들이켜서 폐가 터질 듯 아팠다. 그는 서둘러 숨을 내뱉었다.

'인생'이 이 따위 모습으로 변해 버렸으니 '인생의 주인'이란 그 인간은 어떻게 변해 버렸을까? 상상하기도 싫었다.

그는 골똘히 생각하느라 이미 지구에 도착했다는 것을, 어디선가에서 매캐하고 달콤하고 쌉쌀한 바람이 분다는 것을, 삐뚜름하게 기울어진 바닥에 자신이 앉아 있다는 것을 뒤늦게 깨달았다. 그는 일어서다가 발을 삐끗했지만 겨우 몸의 균형을 맞추어 넘어지지 않을 수 있었다.

정신을 차려야지, 앞으로 일어날 일을 감당하려면. 그는 숨을 가
다듬고 조심스럽게 계단을 밟아 내려갔다.

*

"그러니까, 당신이 내 수호천사란 말이죠?"

내가 묻자 그는 당황한 듯 더듬거리며 말했다.

"글쎄요, 당신들이 우리를 그렇게 생각하기도 한다는 건 알고 있
어요…… 하지만, 지구에서의 삶에 개입하는 건 아니고요……."

"난 수호천사 같은 건 없다고 생각하니까 상관없어요."

그는 눈을 깜박이고 입술을 깨물고 침을 삼켰다.

"그럼…… 내 말을 믿지 않는다는 건가요?"

나는 대답을 하기 전에 잠깐 생각해 보았다. 믿는다, 믿지 않는다?
글쎄. 그렇게 단정 지을 정도로 심각하게 생각하고 있지도 않았다.
나는 그가 손에 든, 나의 인생이라는 것을 바라보았다.

녹인 유리, 아니면 플라스틱? 낯선 질감의 무엇이었다. 묘한 재료
를 섞어 넣은 슬라임 같기도 했다. 잘 봐주면 여기 미술관의 한 귀
퉁이를 차지할 수도 있을 것 같았다. 그게 나의 망가진 인생이라고?

"뭐, 믿는다고 쳐요."

"친다고요? 그건, 그런 말은……."

"알았어요, 믿어요. 됐죠?"

"아니, 그러니까, 나는……."

그는 손톱으로 입술 껍질을 뜯었다. 주머니에 든 레몬라임 향 립밤을 꺼내어 권해 주고 싶었지만 그를 더 당황하게 만들까 봐 참았다. 그는 초조한 기색으로, 나를 만나자마자 했던 말을 되풀이했다.

"당신 인생이 이렇게 된 것은 다 제 잘못입니다."

딱히 마음에 드는 인생은 아니지만 남의 입에서 들으니 기분이 별로였다.

"제 인생이 어디가 어때서요?"

삐딱한 마음에 질문을 던진 순간, 방금 망치고 나온 모의고사가 떠올랐다.

유월의 오후였고 모의고사를 치른 날이었다. 가채점도 하기 싫어서 바로 학교를 빠져나와 학교 근처의 미술관에 들른 참이었다.

우리 학교에서 이 미술관의 존재를 아는 사람은 나밖에 없을 것이다. 지하철역 가는 길 말고 반대쪽 큰길을 건너 좁은 골목을 올라가면 있는, 자그마한 사립 미술관이었다.

미술관을 발견한 것은 지난 삼월의 어느 일요일이었다. 고3다운 패기로 학교에 공부하러 왔다가 두 시간도 못 버티고 가방 싸서 나왔을 때 처음 이쪽 길로 와 보았다. 학교에는 있고 싶지 않았고 집으로도 가고 싶지 않았다. 일부러 낯선 길을 찾아 걸었다.

'다들 자리에 남아 뭔가를 하고 있는데 왜 나는 버티지 못했나.'

열패감에 휩싸여 발을 질질 끄며 골목을 올라가는데, 모퉁이를 돌자 마술처럼 고풍스러운 서양풍의 저택이 나타났다. 열린 대문 앞에서 기웃거리던 나를 하얀 단발머리 할머니가 불러들였다. 할머니는 이곳은 미술관이라는 것을 알려 주었고 언제든 와도 된다고 너그럽게 말해 주었다.

그 뒤로 나는 종종 이곳에 왔다. 미술관 안보다는 정원이 좋았다. 정원에는 사람이 없었고, 여기 있으면 바깥의 소란스러운 도시는 멀어지고 희미해졌다. 그만큼 외로워졌고, 나는 그 외로움이 싫지 않았다. 이곳은 내가 충분히 외로워질 수 있는 유일한 장소였다. 아이들도, 가족도, 익숙한 물건도 없는 장소. 억지로 괜찮은 척하거나 과장되게 한숨을 내쉬지 않아도 되는 장소.

오늘도 외로움이 필요한 날이었다.

문제와 답들이 다른 세부 사항들을 다 덮어 버리는 날. 내가 누구든, 무엇을 좋아하고 싫어하든, 어떤 음악을 듣고 어떤 길을 걸어 집으로 가든 아무 상관없어지는 날. 익숙해질 만큼 익숙해졌다고 생각하면서도 이런 날이면 길 잃은 아이처럼 막막해졌다.

옷은 1센티미터 길든 말든 크게 상관없는데, 신발도 한 치수 큰 걸 신을 수도 있고, 안경 시력도 딱 맞아떨어지지 않는데, 그래도 잘 살 수 있는데 왜 이 영역에선 그 작은 오차들이 큰 오점이 되는 걸까. 숫자 하나, 글자 하나, 알파벳 하나만 바뀌어도 오답이 되어 버린다. 한두 문제로 등급이 바뀌고 그것이 다시 나의 인생을 정하게 된다는 건, 너무나, 자연스럽지가 않았다.

익숙해지고 버티는 것 외에 빠져나갈 길이 없다는 것이 가장 괴로웠다. 이렇지 않은 다른 세상도 있을 것 같은데 발목을 묶은 족쇄에는 열쇠 구멍조차 보이질 않았다.

여기는 이렇게 아름다운데. 나무들은 더없이 싱그럽고 연못으로 내려앉는 햇빛은 눈부시게 춤추고 있는데.

가슴이 콱 막히고 눈물에 시야가 흐려지던 참이었다. 대뜸, 내 '인생'을 책임지고 있다는 사람이 나타나 모든 게 자기 잘못이라며 용서를 구하기 시작한 것이다.

"나는, 당신의 인생을 바로잡기 위해 온 겁니다."

그는 겨우, 나름대로 단호한 태도를 찾고 말했다.

"어떻게 바로잡겠다는 거예요?"

"뭐든 할게요. 책임지겠습니다."

뭐든지……? 갑자기 희망이 생겼다.

"대학이나 로또 같은 것도요?"

그는 로또가 무엇인지 몰랐던 게 분명하다. 당혹스러운 얼굴로 그는 그 돌을 가리키며 대답했다.

"어, 이거 말이에요. 뭐든, 제가 할 수 있는 거면, 그러니까, 좀 엉망이 되긴 했지만……."

"아, 내 인생이요."

기껏 차올랐던 기운이 스르륵 빠져나갔다. 벤치에 놓인 투명한 '인생'은 그늘 아래서도 반짝였다.

"이거, 만져 봐도 되나요?"

"그럼요. 깨지지 않아요. 제가 내구성을 높였거든요. 이번 사고에서도 깨지지 않았던 것은 그 내구성 때문이죠!"

그는 자부심 넘치는 목소리로 말했다.

"근데, 이걸로 뭘 해요?"

"뭘 하다니요?"

동그랗게 뜬 눈을 보니 감이 온다.

"그러니까 별 소용은 없는 거네요, 그렇죠?"

그는 상처 입은 얼굴을 했다.

"……인생은 용도로 따지는 게 아니에요."

흔하게 들은 말이다. 인생은 그 자체로 가치 있다는, 뻔하다 못 해 지겨운 말. 하지만 이렇게 들으니 나름 신선했다. 오늘 언어 영역 지문에도 그런 말이 있었다. '사물의 낯선 면을 보기 위해서는 관점을 바꿀 필요가 있다'라고. 확실히 아주 새로운 관점이긴 했다.

"어쨌거나 예쁘네요."

나의 인생은, 조금 일그러지고 모난 구석도 있지만 꽤 예뻐 보였다.

"진짜요?"

그는 충격을 받은 것 같은 얼굴이었다.

"네, 예뻐요. 특색도 있고요. 안 그래요?"

"그렇게 생각한다면 다행이고요……."

할 말 많은 얼굴로, 그는 입을 다물었다.

나와 나의 수호천사는, 미술관 정원 벤치에 앉아 말없이 연못을 바라보았다. 이상하게도 방금 전까지 나를 짓누르던 답답함이 옅어졌다. 연못 위에 일렁이는 햇빛과 그림자도 좀 더 밝고 경쾌하게 움직이는 것 같았다.

"이것 좀 먹어요."

미술관 관장님이 하얀 접시에 뭔가를 담아 왔다. 꿀타래과였다. 우리는 얌전히 간식을 받아먹었다.

"저기 근데…… 무슨 맛 좋아하세요?"

그가 입가에 가루를 묻힌 채로 내게 물었다.

"맛이요? 그냥, 뭐. 단것도 좋아하고……, 매운 것도 잘 먹고, 신것도 좋아해요. 레모네이드 같은 거요."

"혹시 쓴맛은……?"

"아, 쓴 거는 잘 못 먹어요. 커피 우유는 먹는데 아메리카노 이런건 못 먹겠더라고요."

그의 표정이 밝아졌다. 잠시 후, 그가 조심스럽게 덧붙였다.

"쓴맛은 뺐어요."

"네?"

"당신 인생이요……. 쓴맛은 뺐다고요."

칭찬받기를 바라는, 소심한 강아지 같은 얼굴이었다. 나는 크게 웃어 버릴 뻔했다.

"네, 쓴맛이요. 감사합니다. 신경 많이 써 주셨네요."

집으로 돌아오며 나는 생각했다. 쓴맛이 없는 인생이란 어떤 것일까. 내가 겪고 있는 이 정도 일은 쓴맛과는 관계가 없는 걸까? 쓴맛이 아니라면 어떤 맛일까.

지하철역 근처 아이스크림 가게 앞을 지나며, 나는 민트초코 맛을 좋아한다고 말할 걸 그랬다고 짧게 후회했다. 그는, 내 수호천사는 맛본 적 있을까. 어쩌면 그가 나보다 훨씬 더 많은 맛들을 알지도 모른다. 무슨 맛이 더 있느냐고 물어봤으면 좋았을까. 앞으로 내 인생에 있을지도 모르는 맛들을.

*

그는 '인생의 주인'이 떠난 자리에 남아 풀과 물과 태양이 한껏 포효하는 것을 바라보았다.

인생의 주인을 만난 일은, 그에게 여러 가지 생각과 감정을 선사했다. 일단, 인생의 주인은 인생이 망가진 것치고는 멀쩡해 보였다. 처음 보았을 때는 울고 있는 것 같아서 역시! 하면서 심장이 내려앉는 듯했지만 얘기를 나누다 보니 괜찮아 보였다. 예상과 거의 정반대였다. 어떻게 그럴 수가? 아니다, 분명히 문제가 있을 것이다. 삶의 핵심, 정수, 바로 '인생' 자체가 이렇게 되어 버렸지 않은가, 바로 나 때문에! 그런데 그 사람에게 아무 일도 없었을 리가 없다.

그는 무심결에 주머니에 손을 넣어 돌을 만지작거렸다. 내려올 때는 노심초사 조심조심 들고 왔는데 아까 아무 생각 없이 주머니에 넣어 버렸다. 꺼내 보지는 않았다. 보지 않아도 어떤 모양인지 알았다.

이상한 기분이었다. 슬픈 것도 아니고 기쁜 것도 아니었다. 풀기 어려운 수수께끼를 받아 든 기분에 가까울까.

어쨌거나 그는, 본래 있었던 곳으로 가기 위한 절차를 밟기 시작했다. 돌아가는 데는 시간이 별로 걸리지 않을 것이지만 기다리는 시간만큼은 마찬가지로 길었다.

문득 그는 그2인지 그4인지가 다녀와서 재밌는 얘기 많이 해 줘, 라고 말한 것을 기억해 냈다. 별로 재밌는 일도 없었는걸. 아니, 재미가 없진 않았지. 인생의 주인을 만난 건 꽤 신선한 경험이긴 했어. 하지만…… 그가 느낀 것을 그대로 말해 줄 수 있을까?

그는 재밌을 만한 이야깃거리를 생각해 내려 애썼다. 꿀을 바른 과자를 먹었어, 광합성하는 생물들을 보았지……. 더는 떠오르는 게 없었다. 인생의 주인을 만나기까지 너무 긴장하고 있었던 터라, 만나고 난 다음에는 지쳐 멍해졌던 터라 무엇을 보았는지 기억나지 않았다.

그래서 그는 기다리다 말고 벌떡 일어나, 온 길을 되짚어 걷기 시작했다. 뭔가 들려줄 만한 이야기, 재미있는 거리를 찾기 위해. 그러기 전엔 돌아갈 수 없는 거야……

수호천사는 가파른 계단이 시작되는 곳에 서서 아래를 내려다보았다.

그의 눈앞에는 미지의 세계, 셀 수 없고 잴 수 없는 인생들의 세계가 있었다.

*

내가 나의 수호천사를 다시 본 것은 유월 마지막 주였다. 평소보다 두 시간 이른 밤 열 시, 막 독서실에서 나오던 참이었다. 몇 주 전 치른 모의고사 성적이 나온 날이었고, 같은 방에 있는 '진상'이 훌쩍훌쩍 울기 시작해 도저히 집중할 수 없었기 때문이었다.

평소 진상이 눈치 없는 행동을 하면 칼같이 총무를 불러오던 '진 진상'도 성적 발표라는 특수 상황 앞에서는 숙연해졌는지 아무 말이 없었다. 어쩌면 그 애까지 소리 없이 울고 있을지도 몰랐다. 나는 도무지 심란함을 참을 수 없었는데, 내 성적 때문이기도 했다. 예상은 했지만 숫자로 박혀 나온 등급에는 할 말을 잃었다.

또다시 괴리감이 찾아왔다. 내가, 내가 아닌 느낌. 외우고, 요령을 익히고, 가장 그럴듯한 답을 찍어 보는 그 존재가, 내가 아닐 수도 있다는 사실. 여기 사방이 막힌 독서실에서 매일매일 문제를 풀고 인터넷 강의를 보는 나는 진짜 내가 아닐 수도 있다. 그럼 나는 뭘까.

나는 낯선 이가 보여 주었던 나의 인생을 생각했다. 인생이 그토록 단순하여 한 손에 쥘 수 있는 것이라면 얼마나 편할까. 아무 생각 안 하고 가만히 있으면 알아서 돌봐 주고 심지어 쓴맛은 빼 준다는데. 내 처지보다 돌의 처지가 확실히 나았다.

아니, 돌봐 주는 이는 없어도 된다. 계곡의 돌멩이가 되어 조금씩 깎여 나가고 쓸려 가 마침내 바다의 모래 한 알이 되는 것도 좋겠다. 곧 허물어질 모래성 속 한 알의 모래가 된 나의 모습을 상상하며 걷다가 나는 그를 발견했다.

그는 검고 흰 비닐봉지를 양손 가득 들고 아파트 단지 상가 1층의 횟집 수조를 열심히 들여다보고 있었다. 수조의 조명이 그의 얼굴을 파랗게 물들였다. 머리도 그새 좀 자란 것 같고 전체적으로 약간 지저분해 보였다. 그리고 훨씬, 즐거워 보였다.

"여기서 뭐해요?"

화들짝 놀라 돌아보는 얼굴에 나는 웃고 말았다.

우리는 아파트 놀이터 벤치에 앉았다. 그사이 날은 퍽 따뜻해져서 해가 졌는데도 공기 중에 따스함이 남아 있었다. 나는 간식으로 사 두었던, 독서실에서 너무 빨리 나오는 바람에 먹지 않았던 커피 우유를 건넸다. 그는 신중하게 팩을 열었다.

"어디 다녀오셨나 봐요."

발치에 내려놓은 짐을 보며 내가 묻자 그는 겸연쩍게 대답했다.

"네, 여기저기 좀."

비닐봉지 안에 푸성귀와 고무장갑과 정체를 알 수 없는 색색의 천 조각이 있었다. 묵직해 보이는 것은 참기름병 같았다.

"여긴 정말 달라요. 다를 거라고 생각은 했는데, 생각한 거보다 더 다르네요."

그는 발밑에 놓인 비닐봉지를 내려다보며 생각에 잠겨 말했다.

"실제로 보니 다른 게 많았어요. 앞으로 어떻게 하면 좋을지 감을 잡았어요. 다들 여기 한번은 내려와 보는 게 좋을지도 몰라요. 우리는 한쪽만 보는 경향이 있으니까요."

그는 우유를 한 모금 마시고 만족스럽게 입맛을 다셨다.

"이거, 맛있네요."

"근데 카페인이 좀 많이 들어 있어요. 이따 잠 안 올지도 몰라요."

미리 말해 줄 걸 그랬다. 늦은 시간에 마시기엔 계획이 필요한 음료인데.

그가 빙긋 웃었다.

"괜찮아요. 난 잠 안 자요."

"잠을 안 자면 어떻게 쉬어요?"

"휴식 말이죠. 음…… 아주 안 쉬는 것은 아닌데…… 확실히 인간하고는 다르죠."

그제야 그가 말하는 '다르다'는 단어가 새롭게 들렸다. 내 막연한 짐작을 훨씬 뛰어넘는 차이일까. 그가 사는 세상과 그가 겪는 일들은.

"……그 일은 재미있어요?"

재미라는 말로 표현하기 조심스러웠다. 좀 더 신성한 의무 같은, 그러니까 사제의 일과 비슷할 것 같아서. 그러나 그는 쉽게 대답했다.

"재밌어요."

"좋겠네요."

나도 모르게 긴 한숨이 흘러나왔다.

"난 뭐 하고 살아야 할지도 모르겠어요."

결국 문제는 내가 갈피를 잡지 못하고 있다는 데 있나. 그게 다는 아니겠지만 뭐라도 이유를 대긴 해야 하고, 가장 원망하기 쉬운 대상은 자기 자신이다.

"차라리 돌로 살면 편할 것 같아요. 아무것도 안 하고. 아, 그 돌 말고 진짜 돌 있잖아요. 바위 같은 거요."

내 말에 그가 고개를 저었다.

"바위라고 아무것도 안 하는 건 아니랍니다. 암석을 담당하는 이들에게 들은 적이 있어요. 음, 그쪽의 시간 관념은 우리와는 좀 달라서, 딱 비교하기 어렵지만요. 한마디 듣는 데에도 아주 오래 걸렸어요."

"바위에게도 수호천사가 있다고요?"

"아, 그 명칭은…… 정확한 표현은 아닌 것 같네요. 뭐랄까, 그렇게 가깝지는 않은데요, 멀지도 않지만요. 관련도의 차이인 것 같기도 하고……."

그는 엉클어진 머리카락을 몇 번 손가락으로 빗어 내리더니, 말을 돌렸다.

"어차피 시간은 지나가요. 아무것도 하지 않는다고 해도 시간은 흘러요. 변하지 않는 인생은 없었어요. 그건 확실해요. 나중에 보면 알게 될 거예요."

그리고 그는 나에게 인생이 끝난 후에 벌어질 일에 대해 설명해 주었다. 약간은 천기누설 같은 기분이 들기도 했는데, 그는 비밀이라고 생각하지 않는 모양이었다. 하기야 그걸 알았다고 해서 딱히 달라지는 건 없었다. 다만 그의 목소리에 담긴 애정과 신중함과 뿌듯함은 확실히 느낄 수 있었다. 어쨌거나 그에게는, 중요한 일인 것이다.

왁자지껄한 한 무리의 사람들이 놀이터 앞을 지나갔다. 가족인 듯 다양한 연령대의 사람들이 섞여 있고 초등학생 아이 둘이 킥보드를 끌며 맨 앞자리에서 걷고 있었다.

저 사람들에게도 각자의 인생이, 돌이 있고 한 사람의 수호천사가 그 돌을 돌보고 있겠지. 커다란, 끝도 없는 공간에 수십 억 개의 돌이 늘어 놓여 있고 그 주변으로 꿀벌처럼 분주하게 일하고 있는 수호천사들을 상상했다.

오지선다 말고 칠지선다 십지선다, 아니면 아주 많은 선택지의 문제를 본 기분이었다. 선택지가 그렇게 많다면, 그래서 오답이 압도적으로 많다면 정답 따위는 까마득하게 멀어져 버릴 것이다. 모두가 오답인 세상이라면, 결국 모두가 정답이 되는 게 아닐까?

"여기에도 쓴맛이 섞여 있네요."

그가 우유팩을 어루만지며 말했다. 그러더니 약간 인상을 쓰고 내게 말했다.

"그래도 쓴맛은 역시 좀…… 혹시, 필요하세요?"

"그건 알아서 해 주세요."

나는 웃고 말았다. 그도 함께 웃었다.

"이제 돌아가려고 해요."

그는 후련한 말투로 말했다. 아쉬웠다. 그는 봉지들을 챙겨 일어나다가 갑작스레 생각났다는 듯 말했다.

"그러고 보니, 아직 맛을 안 보셨네요."

"맛이요?"

그가 가방에서 내 인생을 꺼내들었다. 처음 만났을 때와 똑같이 엄숙하고, 진지하고, 조심스러운 태도였다.

나는 그것을 받아들고 살짝 혀를 대어 보았다.

새콤하고 달착지근한, 기본적으로는 밋밋한, 미음 같은 맛.

내 인생의 맛이었다.

평범하지만, 앞으로 달라질 수도 있는 맛. 그리고 나는, 그것이 곧 내가 아님에 고마움을 느꼈다.

내 인생은 나와는 다르다.

그게 구원이 될 수 있을까. 내 인생이 조금 망가져도 나는 그렇지 않을 수 있고, 내가 조금 비틀거려도 내 인생은 그렇지 않을 수 있다는 게. 물론 그 반대도 마찬가지여서, 내 인생이 잘되었다고 해서 내가 잘되는 건 아니고, 내가 단단해졌다고 해서 내 인생까지 그런 것은 아니라 해도.

그 생각이 위로가 되었다. 인생을 손에 든 시점에 인생과 나의 개별성을 인식한다는 것이 좀 이상한 일일지는 몰라도, 나에게는 깊은 안도감을 주는 깨달음이었다.

"여기요."

내가 돌을 그에게 돌려주었을 때였다. 돌이, 나의 인생이 빛을 내기 시작했다. 열기라고 해야 할까. 마치 부풀어 오르듯이 갈라진 틈새로 뭐가 차올랐다. 그는 당황해 돌을 놓쳤고, 나는 반사적으로 그것을 받아들었다. 따스했다. 아니, 차가웠나? 지금껏 한 번도 느껴보지 못한 온도와 촉감이었다.

"얘가 왜 이러지? 방금, 뭐 하셨어요?"

그가 얼빠진 목소리로 물었다.

"아무것도 안 했는데요……."

한 것이라면, 아주 작은 마음의 변화. 퍼즐 한 조각을 맞추는 것, 풀린 운동화 끈을 묶는 것 정도의 아주 작은 일.

"이런 적은 처음이에요, 세상에…… 이런 건 아무도 못 봤을 거예요."

그는 연신 감탄했다. 솔직히 나보다 그가 훨씬 더 깊은 감정을 느끼는 것 같았다. 그가 무엇에 그렇게 감동했는지는 내 인생의 주인인 나조차도 끝끝내 알지 못할 것이다. 누군가 나도 모르는 내 인생의 변화와 그 가치를 알아봐 준다는 건, 꽤 나쁘지 않은 기분이었다.

"그럼 나중에 만나요."

그는 환한 얼굴로 손을 흔들었다. 머리카락에 가려진 세 번째 눈이 눈물로 반짝이는 것을 본 게, 마지막이었다.

인생에는 전환점이 필요하다. 그 인생이 아무리 평범하고 물 흐르듯 정해진 길을 가고 있다 해도, 나름의 계기가 필요한 것이다.

나는 종종 그가 보여 주었던 내 인생을 생각한다. 쓴맛은 없는, 그러나 좀 망가진, 연두와 남색과 분홍 빛깔의 인생을. 그리고 그걸 들고 나를 찾아온 나의 수호천사를. 그러면 절로 웃음이 났고 지금의 이 상황들도 견딜 만한 것으로 여겨졌다. 아니, 견딘다는 말은 별로 어울리지 않는 것 같다. 음미할 만한 것일 테다.

그는 마음을 바꿔 내 인생에 쓴맛을 첨가하기로 결정했는지도 모른다. 또 다른 실수로 망가뜨리거나 표창을 받을 만큼 아름답게 가꾸어 내었을지도 모른다. 그 여부를 알 수 없다는 것이 나는 좋다.

조금은 마음을 기댈 수 있다는 것에 안심한다. 어떻게든 시간은 흐르고 달라질 것은 달라지리라.

그리고 결국 이것은, 내 인생이다.

이 이야기를 떠올린 것은 약 십 년 전이다. 그때 쓴 초고는 수호천사가 인생의 주인을 처음으로 만난 뒤 홀로 남아 수많은 인생들의 세상을 바라보는 장면에서 끝난다. 수호천사가 돌아가지 않고 이 세계에 머무는 것을 암시한 셈인데, 이번에 뒷부분을 이어 쓰면서 그는 결국 원래 있던 곳으로 돌아가게 되었다. 이 결말의 변화는 바로 십 년 동안 내가 변한 정도이기도 할 것이다.

예전의 나는 낯선 곳을 동경했고 내가 모르는 사람들과 경험해 보지 못한 사건들에 마음을 빼앗기곤 했다. 남의 접시에 놓인 음식이 언제나 더 맛있어 보였다고나 할까. 내가 가지지 못한 것들이 다 신 포도들이었다고 말할 참은 아니다. 다만, 뭔가를 경험하고 원래의 자리로 돌아가는 것도 꽤 괜찮다는 것을 알게 되었다.

겉으로 보기엔 그다지 극적이지 않은 사소한 변화이다. 질색하던 물

미역무침을 좋아하게 된 정도, 과자를 눈앞에 두고도 그다지 감흥이 없어진 정도랄까(교실에서 조리퐁 한 봉지를 한 움큼씩 나눠 먹으며 혼자 한 봉지 다 먹는 날을 꿈꿨던 고등학생 때는 생각도 못한 일이니, 나름 드라마틱하긴 하다).

그래도 스스로는 만족스럽다. 내가 중요하게 여기는 건 변했다는 사실 그 자체이기 때문이다. 변화는 곧 가능성이다. 십 년 뒤의 나는 또 어떤 다른 입맛을 가지게 될까. 어떤 다른 결말을 쓰게 될까. 그걸 궁금해할 수 있어서, 안심이다.

김혜진

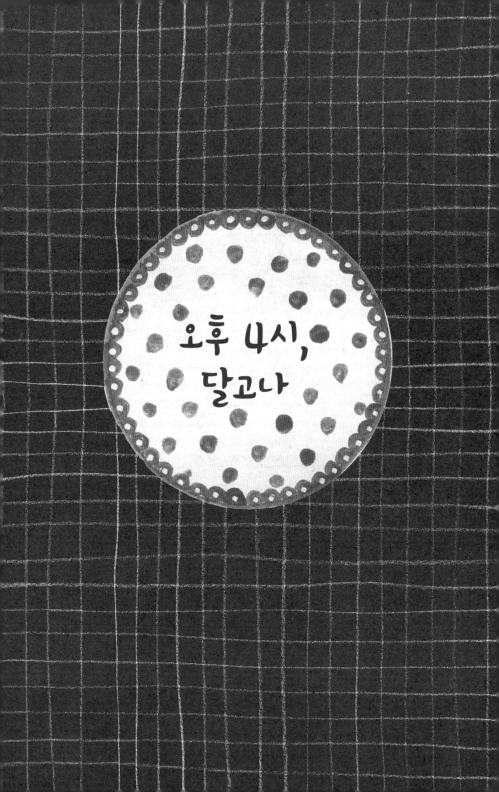

：

이 송 현

：

"언니, 달 주세요. 보름달."

속도 좋지, 똥을 한껏 싸 놓고 먹을 것을 달라니. 할아버지는 양심도 없다. 엄마는 인상을 찌푸릴 법도 한데 무표정이다. 대신 나를 노려보며 복화술하듯 입을 달싹거리며 경고했다.

'너, 저녁 먹기 전에 할아버지한테 또 달고나 주면 혼날 줄 알아.'

나는 벽에 걸린 할아버지의 중절모를 있는 힘껏 노려보았다. 중절모를 베란다 밖으로 던져 버릴까, 잠깐 고민했다. 중절모가 사라지면 할아버지는 작은방에서 한 발자국도 나오지 않을 테니까 제법 잔인한 복수가 되겠지.

밥 먹기 전에 안 먹는다고 약속까지 해 놓고 할아버지는 날름 달고나를 입에 넣었다. 사실 달고나는 할아버지를 위한 것이 아니었다. 한승규가 달고나를 좋아한다는 정보를 입수하지 않았다면 인터넷 쇼핑으로 달고나 세트를 구입하지 않았을 것이다. 한승규에게 완벽한 하트 모양의 달고나를 만들어 주기 위해 열과 성을 다해 연습하는데 재주는 곰이 부리고 돈은 되놈이 가져간다더니, 딱 내 꼴이다. 달고나 장인의 유명 블로그에 적힌 대로 매번 연습하는데도 달고나 맛은 영 별로다.

"똥이다, 똥. 언니, 똥 만지면 안 돼요."

맨 처음 달고나를 만들었을 때 할아버지가 내게 건넨 말이다. 충격이 컸다. 내 손이 똥손인 건 알았지만 가족 이름도 기억 못 하는 할아버지한테 똥이나 만들었다는 평가를 받다니! 수차례 연습한 끝에 모양은 이제 그럴싸하지만 맛이 관건인데 이 상태로 한승규 앞에 내놓는다는 건 불가능이다. 오후 4시, 학교에서 돌아오자마자 학원 가기 전에 짬을 내서 연습하는 건데 그 정성을 봐서라도 하늘은 내게 손맛이란 걸 내려 줄 때도 되지 않았나? 베이킹소다 양 조절이 아무래도 실패인 것 같았다. 그래도 사람은 희망의 끈을 놓아서는 안 된다고, 어느 책에서 봤던 것 같은데…… 달고나 장인이 되기까지의 갈 길이 얼마나 먼지 짐작할 수 없지만 똥에서 달이, 보름달로 업그레이드되었으니 오늘은 썩소라도 지어 봐야 하는 건가?

"이서율, 너 빨리 화장실 들어가서 청소해. 얼른!"

"왜에, 내가 싼 똥도 아닌데!"

엄마가 내 입을 틀어막으며 머리를 들이박을 기세다. 그러더니 나를 화장실로 떠밀었다.

"진짜 이럴 거야, 할아버지 앞에서. 좋은 말로 할 때 들어."

할아버지는 속옷이나 바지에 실수하는 일은 절대 없으면서 매번 변기에 똥을 묻히곤 했다. 이쯤 되면 날 물 먹이는 건가, 싶은 의구심도 든다. 할아버지한테 한바탕 퍼부으려는 찰나, 카톡이 왔다.

― 연락할게.

한승규였다. 이건 단체톡이 아닌 나에게만 보낸 개인톡이다. 연락한단다. 심장이 톡 알람처럼 경쾌하게 뛴다.

"이서율, 얼른 화장실 안 들어가?"

"들어가지, 내가. 지금 들어간다, 엄마!"

나는 고무장갑을 끼고 콧노래를 부르며 세제를 세숫대야에 풀었다. 까짓것 똥 냄새가 대수랴! 무슨 수를 써서든 봉사 활동 가기 전까지 한승규가 좋아하는, 완벽한 맛의 달고나를 만들어 가야지.

"할아버지, 모자 쓰세요. 모자 쓰고 밥 먹으러 나가야죠."

방문을 열자, 내 예상이 딱 맞았다. 창가에 딱 붙어서 노을 지는 광경을 바라보는 할아버지가 눈에 들어왔다. 하루 종일 할아버지는 작은방에서 새장 속의 새처럼 창밖만 바라보았다. 해가 져야만 아빠가 집으로 돌아오니까.

"할아버지, 밥 아줌마가 식사하러 나오시래요."

움츠러든 어깨를 하고는 내 눈치를 보는 할아버지 모습에 살짝 짜증이 났다. 잠옷 차림에 중절모를 쓴 할아버지 모습은 우스꽝스럽기 짝이 없다. 할아버지는 중절모를 차분히 고쳐 썼다. 저쯤 되면 집착이다. 할아버지는 치매에 걸리고부터 유달리 중절모랑 한 몸이 되었다. 중절모는 십여 년 전에 할아버지와 마지막으로 함께 간 여행 때 아빠가 사 드린 것이었다.

"나…… 돈 없어요."

"나도 알거든요. 엄청 맛있는 갈치조림했어요."

나는 내 할 말만 하고 방을 나왔다. 물론 문을 닫지 않았다. 그래야 갈치조림 냄새가 방으로 스며들어 할아버지가 식탁 앞으로 나올 테니까. 뒤돌아보지 않아도 할아버지가 중절모를 만지작거리며 엄청 고민하고 있다는 걸 안다. 나는 속으로 숫자를 세었다.

'하나, 두울, 셋.'

식탁 의자에 앉자마자 할아버지가 부엌에 나타났다. 할아버지한테 엄마는 막내며느리가 아니라 밥집 아줌마다.

"할아버지, 어서 오세요. 식기 전에 맛있게 드세요."

엄마는 할아버지가 우리 집에 오고 난 후 연기 실력이 나날이 늘고 있다.

"아줌마, 나 돈 없어요."

엄마가 권하는 자리에 앉으며 할아버지가 중절모를 벗었다. 할아버지가 모자를 벗었다는 것은 밥을 먹고 싶다는 뜻이다. 매번 같은

78

상황인데 미안해하는 기색이 역력했다.

"괜찮아요, 어르신. 이따가 아드님이 퇴근하고 밥값 준다고 전화 왔어요."

"그래요? 아줌마, 내가 꼭 밥값 주라고 할게요."

"네, 어르신이 이따가 꼭 말해 주세요. 갈치조림 드시고 싶다고 하셨다면서요? 다음부터 드시고 싶으신 것 있으면 저한테 말해 주세요."

"내가…… 아줌마한테 미안해서 그래요. 이렇게 매일 나한테 따뜻한 밥을 해 주는데."

나는 이 상황을 처음에는 어떻게 받아들여야 할지 몰랐다. 하지만 한 달이 지나자 그냥 그러려니 한다. 갈치 가운데 토막의 살점이 두툼하니 맛있어 보였다. 젓가락으로 살점을 집으려는데 엄마가 눈치를 줬다. 할아버지 먼저라는 무언의 압력에 나는 슬그머니 젓가락 방향을 돌렸다.

"아줌마, 우리 이태한도 갈치조림 좋아해요. 이거 나 안 먹고 우리 이태한 주고 싶은데……."

할아버지가 갈치조림 양념만 찍어 먹으며 말했다. 엄마는 그런 할아버지를 짠한 눈으로 보더니 할아버지 밥공기에 갈치 가운데 토막을 통째로 올려놓았다.

"아이구머니나! 이렇게 큰 걸."

할아버지의 외침을 깨끗이 무시하고 엄마가 웃었다.

"어르신, 이태한 씨는 매일 잘 먹고 다니니까 걱정하지 마시고 많이 드세요."

할아버지가 우리 집에 온 이유는 단지, 우리 집에 빈방 여유가 있다는 것이었다. 24평, 우리 집보다 훨씬 큰 평수에 사는 큰아버지, 작은아버지가 할 소리는 아니었다. 우리 집은 자식이 나 하나라서 식비도 크게 들지 않느냐는 궤변까지 늘어놓았다. 말도 안 되는 그 이유는 치매에 걸린 할아버지를 맡기 싫은 큰아버지와 작은아버지의 핑계거리에 불과하다. 어른들 일이라 모른 척하고 있지만 막내며느리인 엄마 입장에서는 불공평한 처사가 아닐 수 없다. 난색을 표했던 엄마가 할아버지를 집으로 모시기로 한 데에는 결정적인 한 방이 있었다. 그 한 방이 엄마의 심장을 꾸욱 눌러, 잊고 있던 엄마의 감성을 스위치 온 했기 때문이다.

"미안해요, 아줌마. 우리 태한이가 엄마가 없어서…… 배가 많이 고파요. 내가 우리 태한이 옆에 있어 줘야 해요."

앞뒤 문맥도 맞지 않는 그 말 한마디에 엄마는 할아버지의 짐 가방을 챙겨 들었다. 외할아버지를 일찍 잃은 엄마와 돌 지나고 나서 엄마를 잃은 아빠 사이에 내가 읽어 낼 수 없는 마음이 저장되어 있는 듯했다.

날이 갈수록 모든 기억을 잃어 가면서도 어떻게 할아버지는 이 태한이란 존재 하나는 손에 붙들고 놓지 않는 건지 모르겠다. 어떤 시련이 닥쳐도 내 첫사랑 한승규를 놓지 않으려는 내 마음과 같은 걸까?

　할아버지는 아빠가 집에 없으면 절대 작은방 밖으로 나오지 않는
다. 그나마 식사 때만 미안해하며 방 밖으로 나온다. 나는 한승규에
게 톡을 보냈다.

　－ 연락한다며? 죽었냐?

　너무 보채는 느낌을 주지 않으려고 뒤에 농담처럼 덧붙였다. 보내
놓고 살짝 후회가 되었지만 별수 없었다. 온 신경이 핸드폰에만 쏠
려서 소파에서 멀리 떨어진 장식장에 핸드폰을 밀쳐 두었다. 현관
문 비밀번호 누르는 소리가 들리자, 작은방 문이 열렸다. 몸도, 정신
도 온전치 않은 일흔일곱의 할아버지에게 현관문 번호 누르는 소리
만은 엄청 크게 들리나 보다.

　"아버지, 다녀왔습니다."

　현관에서 신발을 벗기도 전에 방문이 벌컥 열리고 할아버지가 나
왔다. 할아버지가 오고 나서, 아빠의 퇴근 풍경은 완전히 달라졌다.
각자 하던 일을 하며 '왔어요?' 했던 것이 전부였던 엄마나 나와 달
리, 할아버지는 아빠의 퇴근을 온몸으로 환영했다.

　"우리 이태한이!"

　할아버지는 앙상한 몸으로 배가 나온 아빠를 꼭 끌어안았다. 할
아버지가 아빠를 얼마나 기다렸는지는 중절모를 쓰지 않고 방 밖으
로 나온 것을 보면 알 수 있다. 할아버지는 작은방 밖으로 나올 때

면 잊지 않고 중절모를 챙겨 썼다.

한승규를 처음 봤을 때, 한승규는 운동장에서 야구를 하고 있었다. 야구 모자를 쓴 모습이 무척이나 잘 어울렸다. 투수였는데 공 던지는 폼이 예술이었다. 스트라이크로 상대 타자를 잡고 나서 모자를 살짝 들어올리는 모습에 반했다. 모자가 살짝 들릴 때마다 웃는 얼굴이 꼭 나를 향해서 미소짓는 것 같았다.

"태한아, 빨리 아줌마한테 밥값 줘라."

할아버지는 아빠의 손을 끌었다. 아빠는 옷을 갈아입기도 전에 등 떠밀려 엄마 앞에 섰다. 솔직히 이때가 제일 웃기긴 하다. 연기에 능숙한 엄마와 달리 아빠는 얼굴까지 벌겋게 변하니까.

"어르신이 오늘 갈치조림 백반을 아주 맛있게 드셨어요."

엄마는 밥집 한번 안 해 봤으면서 밥집 사장 흉내를 제법 잘 냈다. 할아버지가 우리 집에 와서 좋은 점이 있다면 인스턴트 식품을 서슴지 않고 내놓던 엄마가 제대로 된 요리를 하기 시작했다는 정도다.

"태한아, 아주머니한테 얼마냐고 물어봐야지."

할아버지가 어린아이 타이르듯 점잖게 한마디 했다. 아빠는 매번 하는 일인데도 영 적응이 안 되는 모양이었다. 그래도 주머니에서 지갑을 꺼내며 엄마에게 예의상 물었다. 콧구멍이 씰룩대는 것을 보니 아빠는 이 상황이 영 못마땅한 모양이다. 할아버지 앞에서 처음 밥값을 치렀을 때가 트라우마처럼 남았을 거다. 엄마가 돈을 돌려 주는 줄 알았는데 싹 무시하고 엄마 지갑에 넣고는 그만이었기 때문이었다.

"아주머니, 밥값 얼맙니까?"

"만 원입니다, 사장님."

"뭐? 야, 한선화! 집에 있는 밥 차리면서 무슨 만 원씩이나 받냐?"

손을 내밀고 있던 엄마에게 할아버지가 허리 굽혀 사과했다. 그런 할아버지 모습에 아빠는 황당하다는 표정이었고, 엄마는 당당하게 할아버지의 사과를 받았다.

"아줌마, 미안해요. 내가 우리 태한이한테 잘 말할게요. 내가 너무 비싼 걸 먹어서 그래요."

"아니에요, 어르신. 절대 비싼 거 아니거든요. 아드님이 밥값 주실 거니까 걱정 마세요."

나는 이 연극의 끝을 안다. 아빠가 투덜거리며 엄마 손에 만 원을 쥐어 주면, 그제야 다행이라는 듯 할아버지 얼굴에 미소가 번진다. 맨 처음부터 엄마가 밥값을 받았던 것은 아니었다. 괜찮다고 외상값을 적겠다고 하자, 할아버지가 "나는 우리 태한이 그리 안 키웠소! 외상이라니!" 하고 호통을 쳤다. 엄마는 그때 할아버지가 제정신으로 돌아온 줄 알았다고 했다.

"태한아, 내가 너무 비싼 거 먹었지?"

"아니에요. 아버지, 하나도 안 비싸요. 저 아줌마가 강도예요, 날강도."

아빠 말에 엄마가 눈을 흘겼다. 그러자 할아버지가 아빠를 점잖게 타일렀다.

"그럼 못써. 좋은 아주머니야. 반찬 솜씨도 좋고."

엄마는 할아버지를 향해 엄지손가락을 추켜세웠다.

그건 그렇고 한승규는 문자 한다고 해 놓고는 왜 아무 소식이 없을까? 연애를 시작한 친구들이 사랑은 밀당의 연속이고 자존심 싸움이라고 하지만, 나는 밀당이고 자존심이고 나 몰라라 하고 싶은 심정이다. 나는 장식장 근처를 서성이다 핸드폰을 집어 들었다. 한승규는 내 톡을 읽지 않은 상태였다. 괜히 서운하고 울컥한 마음에 코끝이 찡했다. 수영장에서 물을 들이마신 것처럼 머리가 띵했다.

오늘 급식은 비빔밥이다. 왜 비빔밥에 부추를 넣는지 이해할 수가 없다. 콩나물, 당근, 오이, 고기볶음, 호박, 시금치가 딱 적당하다. 시금치가 있는데 굳이 부추를 넣는 의도를 모르겠다.

"이서율, 부추 안 먹을 거면 나 줘."

규리가 방긋대며 제 숟가락을 내밀었다. 나는 규리의 숟가락에 부추를 집어 주었다. 키가 작고 귀여운 인상의 규리는 의외로 편식하지 않았다. 오히려 규리보다 키가 한 뼘이나 큰 내가 편식 대장이었다.

"이서율, 너 부추 싫어해? 이리 줘, 내가 먹을게."

한승규가 규리의 숟가락을 뺏더니 한입에 부추를 씹어 먹었다. 나도 모르게 인상이 찌푸려졌지만 한승규는 멋졌다. 아무래도 요즘 얘가 수상하다. 그냥 남자 사람 친구에서 이탈하려고 안간힘을 쓰는 것 같다. 내 주위를 뱅글뱅글 맴돌지를 않나, 체육 시간에 기구를 옮길 때면 대신 들어 준다거나, 지난주에는 화장실 청소까지 도와줬다. 오늘은 내가 제일 싫어하는 부추까지 먹어 줬다. 이건 암시다, 한승규가 나를, 나를…….

"너, 어제 왜 연락 안 했어?"

무심한 척, 지나가는 말투로 물었지만 내 속은 난리법석이었다. 한승규한테 언제 톡이 올지 몰라서 잠까지 설쳤다.

규리가 한승규와 나를 놀란 눈으로 바라보았다. 내 말에 한승규 얼굴이 새빨개졌다. 귀까지 빨개지는 모습이 새로웠다. 한승규 입가에 붙은 부추가 싱그러워 보였다. 하마터면 손을 뻗어 한승규 입가에 붙은 부추를 떼어 먹을 뻔했다.

"앗, 미안. 봉사 활동 알아보느라고. 이서율, 봉사 활동 어디서 할 건지 정했냐?"

"뭔 소리? 네가 기다리라며?"

"응. 이 오빠가 다 세팅했지. 당장 이번 주말부터 할 수 있지?"

"어딘데?"

어디냐고 묻기는 했지만 한승규와 함께라면 어딘들 못 갈까. 묵묵히 밥을 먹고 있는 규리한테 한승규가 물었다.

"최규리, 너도 봉사 활동 안 정했으면 서율이랑 같이해. 세 명이서

갈 수 있어. 행복마을에 있는 요양병원인데 힘든 일은 내가 다 할 게."

한승규의 새로운 면을 또 봤다. 우리 둘만 봉사 활동을 가자니 쑥스러웠나? 내 생각과 달리 부끄러움이 많은가 보다. 게다가 내 친구까지 챙겨 주다니! 적잖이 감동이다. 내가 좋으니 내 친구 규리까지 챙겨 주는 구나. 항상 상남자처럼 굴더니 이런 자상함이 있었다니! 밥을 남겼는데도 배가 불렀다.

"규리야, 같이 가자. 우리 셋이 하면 봉사 활동도 지겹지 않을 거야."

머뭇거리는 규리를 향해 한승규가 고개를 끄덕였다. 나는 그런 한승규가 괜스레 자랑스러웠다. 입가를 비집고 나오는 웃음을 감출 수가 없어서 억지 재채기를 연거푸 했다.

중3, 현재 남은 봉사 활동 20시간이 너무너무 아쉬웠다. 20시간이 지나기 전에 한승규가 자기 마음을 나한테 고백하려나? 오늘은 기필코 최고의 달고나를 만들고 말 테다! 머릿속 가득 달고나의 황금 비율을 가늠하기 시작했다. 달고나 고수 블로그를 봤더니 달고나의 씁싸름한 맛을 없애는 관건은 베이킹소다 양을 잘 조절해야 한다는 설명이 있었다. 적절한 양의 베이킹 소다를 넣었을 때 달고나 덩어리 색깔은 연베이지 빛깔에 가까웠다. 이제껏 의욕이 넘쳐 내 국자에는 짙은 캐러멜 빛깔의 달고나 덩어리가 뭉쳐 있었다. 오늘은 달고나를 제대로 완성할 수 있을 것 같은 예감이 들었다.

설탕과 베이킹소다의 비율은 한승규를 사랑하는 내 마음과 나를 배려하는 한승규의 마음을 적절하게 섞는 것만큼 쉽지 않은 일이었다. 어느 한쪽이라도 지나치거나 모자라면, 달고나는 쓴맛이 나니까.

뭐가 잘못돼도 한참 잘못됐다. 셋이 같이 왔으면 일도 같이해야지, 나만 따로 떨어져서 급식 도우미 일을 맡았다. 한승규와 규리는 어르신들 산책 도우미로 뽑혔다. 도대체 어떤 기준으로 역할 분담을 나누는지 이해할 수 없다. 혹시나 해서 간밤 잠들기 전에 이불을 뒤집어쓰고 한승규랑 딱 붙어서 봉사하게 해 달라고 하느님, 부처님, 심지어 알라신한테도 빌었다. 기도의 대가가 이런 시련이라니!

"서율아, 나랑…… 바꿀래?"

규리가 미안한 얼굴로 제안했지만 나는 쿨한 척 말했다.

괜한 짓이었다. 진짜 쿨하지도 못하면서 한승규가 날 보고 있다는 것 때문에 엄청 쿨한 척했다. 그래도 나름 한승규한테 멋진 이미지를 보여 줘서 마음이 조금 가벼웠다.

"오오, 원리 원칙을 따르는 이서율!"

한승규는 내 대답을 듣고 규리한테 윙크까지 했다. 조리실로 발길을 돌리는 내 등을 툭툭, 두드려 주기도 했다.

사랑요양병원 조리실은 우리 학교 급식실과 크게 다르지 않았다. 문제는 조리실과 하나로 이어진 급식실 주위로 창밖이 훤히 보인다는 것! 창밖의 오솔길이 어르신들의 산책로였다. 나는 영양사 아줌마가 건네준 펑퍼짐한 조리복과 장화, 장갑, 위생모를 썼다. 안 그래도 통통한 내 몸을 더욱 동그랗게 만드는 패션이었다. 거울에 비춰 본 내 모습은 흡사 유부초밥 같았다.

오늘의 점심 메뉴는 콩국수와 메밀전병이었다. 가게에서 파는 콩국물을 사면 될 것을 봉사자들은 하루 종일 콩 껍질을 까고 씻고 삶느라 야단이었다. 땀이 위생복 사이를 비집고 흘렀다. 한승규한테 잘 보이려고 새벽부터 비비크림을 내 피부처럼 보이도록 정성껏 발랐는데 땀 때문에 물광 피부는 흔적도 없이 사라졌다. 콩을 씻다가 허리가 아파서 등을 펴고 일어섰다. 하필이면 창밖에 있는 한승규랑 눈이 마주쳤다.

'아이 씨, 얼굴이 엉망일 텐데.'

내 속도 모르고 한승규가 내게 엄지손가락을 척 내밀었다. 나는 반가운 척 손을 흔들었다. 규리와 한승규는 어떤 할아버지를 나란히 부축했다. 한승규가 부축하는 저 할아버지가 나였으면 좋겠다. 뭐가 그리 즐거운지 한승규와 규리는 할아버지 손을 잡고 떠들고 웃어 댔다. 갑자기 아랫배가 싸하게 아파 왔다. 배가 꼬인 듯 통증이 점점 심해졌다. 뱃속의 창자가 꼬이면 꼬일수록 창밖으로 함박웃음을 짓는 한승규의 표정이 점점 더 환해졌다. 그리고 그 시선 끝자락에 함께 웃고 있는 규리의 얼굴이 걸렸다.

"그냥 웃는 거야, 아무것도 아니라고."

아픈 배를 손으로 살살 문지르며 주문을 외듯 중얼거렸다.

할아버지를 부축하던 규리가 휘청거리자, 눈 깜짝할 사이에 한승규가 규리를 붙잡았다. 규리의 팔을 꼭 잡은 한승규의 손. 한승규는 한참 동안 규리를 잡고서 놓지 않았다. 나도 모르게 꽉 움켜쥔 주먹 탓에 손바닥에 손톱자국이 톱날처럼 새겨졌다. 아팠다.

'뭐가 이렇게 많아? 누가 이 콩을 다 먹는다고!'

비명이라도 지르며 콩이 가득한 바구니를 뒤집고 싶었으나 화를 꾹 참으며 흐르는 물에 콩 바구니를 힘차게 흔들었다. 콩 껍질이 물에 흘러 하수구로 빨려 나갔다.

전생에 나는 수라간 무수리였나? 국자를 쥔 손에 힘이 잔뜩 들어갔다. 밥이라도 한승규랑 같이 먹을 줄 알았는데 배식이 끝난 다음에 점심을 먹으란다. 그 말을 들었을 때 나는 영양사 아줌마를 힘껏 노려봤다. 그런데 내 눈은 생긴 모양새가 아무리 화가 나도 웃는 것처럼 보이는 게 문제다. 눈썹이고, 눈꼬리고, 곡선으로 휘어져 있어서 눈에 힘을 줘 봐야 소용없었다.

"이서율, 힘들지? 더운데 너라도 실내에서 일하니 다행이다. 그치, 최규리?"

한승규의 말을 듣고 울컥했다. 하도 규리랑 얼굴을 맞대고 웃기에 잠깐 '혹시 쟤가?' 하고 의심했다. 의심은 불안증을 낳고 불안증은 마음을 병들게 하고 나 스스로를 지치게 만든다. 하지만 같이 봉사활동을 한다고 좋아했던 게 무색할 만큼 사랑요양병원에서 '같이'한 일이 무엇인가 생각해 보면 아무것도 없었다. 내 머릿속에 떠오르는 것이라고는 산책로를 나란히 걷는 한승규와 규리의 웃는 얼굴이 눈부셨다는 것뿐이었다.

"이서율 학생처럼 의젓하고 착한 학생은 처음이네."

학원 때문에 먼저 간다는 한승규의 톡을 물끄러미 보는 내게 봉사 온 어른들이 칭찬을 아끼지 않았다. 내 기분은 그야말로 완전히 똥이었다. 머리가 어지러웠다. 얼굴도, 마음도, 엉망으로 찌그러지기 시작했다. 사방팔방에서 지독한 냄새가 나를 꽁꽁 싸매고 있는 기분이었다.

"서율아, 너 한승규랑 초등학교 때부터 절친이었어?"

반나절 봉사 활동을 같이했다고 규리는 한승규에게 관심이 부쩍 많아진 것 같았다. 다른 때였다면 규리의 행동이 반가웠을지도 모른다. 내 단짝이 내가 좋아하는 애한테 호감을 보이는 것은 내 사랑을 응원하는 사람이 있다는 것이니까. 하지만 나는 내가 몰랐던 낯선 규리를 보는 것 같아서 당혹스러웠다.

"너, 그거 아니? 승규, 규 자가 내 규 자랑 한자가 똑같아. 헤아릴 규 자를 쓴대. 놀랍지?"

나는 묵묵히 바닥만 보고 걸었다.

'그렇게 떠들지 말고 내 마음을 헤아릴 생각이나 하시지.'

한승규와 한껏 떠들고 웃으며 시간을 보냈을 규리가 점점 미워지려고 했다. 나는 가방에 넣어 온 달고나를 이제야 꺼냈다. 주인에게 가지 못한 달고나가 진득하게 녹아 비닐 포장지에 눌어붙어 있었다. 나는 툭, 달고나를 반으로 잘랐다. 규리에게 주지 말까, 잠깐 생각하기도 했다. 달고나를 받아 입안에 넣은 규리가 우물거리며 물었다.

"서율아, 너 한승규한테 관심 없어? 그냥 절친인 거야?"

"그게 왜 궁금해? 딱 보면 알잖아."

내 역습에 규리는 당황했는지 눈을 깜짝거렸다. 이 순간만큼 나는 거짓말쟁이였다. 나 자신도 한승규의 마음을 모르는데 규리한테 딱 보면 알지 않냐고 우격다짐을 하다니!

"달고나 맛이 어때?"

침을 꼴깍 삼키는 규리를 빤히 바라보았다. 목으로 침을 꿀꺽 삼키는 모습이, 마치 무슨 비밀을 몰래 삼키는 것처럼 느껴졌다.

"서율아, 네 달고나 정말 달고 맛있어."

나는 내 손에 있는 달고나 반쪽을 입에 넣고 우적우적 씹었다. 횡단보도 앞에서 나는 건너편 빨간 신호등을 뚫어져라 노려보았다. 내 달고나는 결코 달고 맛있지 않았다. 기분 나쁠 정도의 달콤함 끝에 쓴맛이 입안 가득 차지했다.

할아버지가 똥을 쌌다. 냄새가 지독했다. 이런 법이 없었는데 할아버지가 실수를 했나 보다. 거실 창이며 부엌 창까지 집 안의 창문이 활짝 열려 있었다.

"서율아, 바로 화장실로 가서 청소 좀 해."

하필이면 집에 들어서자마자, 엄마가 화장실 청소를 시켰다. 주말에만 옷가게 아르바이트를 하는 엄마는 연신 벽시계를 보았다. 아무래도 아르바이트 시간에 늦은 모양이다.

"봉사하고 오느라 힘들어 죽겠는데 나한테 꼭 그래야겠어?"

타이밍이 거지 같았다. 나는 속상한 마음을 참지 못하고 엄마한테 성질을 부렸다. 엄마는 할아버지 눈치를 보더니 나를 향해 이를 드러냈다.

"조용히 하고 얼른 화장실로 가."

엄마는 할아버지 손을 잡고 새 옷을 갈아입으시라고 설득했다. 하지만 할아버지는 먼 산을 보며 딴소리다. 태한이랑 소풍을 가고 싶다는 거였다.

"아줌마, 우리 이태한한테 전화 좀 해 주세요. 빨리 집에 와서 나랑 놀러 가자고."

하긴, 할아버지는 우리 집에 온 이후 제대로 된 외출을 한 적이 없었다. 중절모를 만지작거리는 손놀림이 점점 빨라지더니 급기야 할아버지는 울먹였다.

"아휴, 미치겠네. 이 남자는 왜 또 전화를 안 받아?"

엄마는 핸드폰을 붙들고 초조한 기색이었다. 주말, 공휴일도 없이 일하는 자동차 영업 사원인 아빠가 엄마 전화를 한가하게 받았던 적이 몇 번이나 될까.

"엄마, 걱정 말고 알바 가. 내가 다 알아서 할게."

평소라면 네가 뭘 알아서 하냐고 면박했을 텐데 급하긴 급했나 보다. 엄마가 소파에 던져 놓았던 가방을 쥐더니 부탁한다며 뒤도 안 돌아보고 나갔다. 나는 작은방 문지방에 서서 할아버지를 바라보았다. 주홍빛 노을이 주름 사이사이에 파고들었다. 쓸쓸하단 생각이 들었다. 나는 한승규 때문에 나조차도 알 수 없는 수많은 감정을 쌓아 가는데, 할아버지는 수십 년 동안 차곡차곡 쌓은 모든 기억들을 잃고 있었다.

"할아버지, 마음도 쓸쓸한데 우리 마트나 갈래요?"

할아버지는 대답이 없었다. 중절모 끝자락을 만지작거릴 뿐.

"소풍 가요. 달이 만들어 줄게요."

돈이 없다고 중얼거리는 할아버지의 머리에 나는 중절모를 슬그머니 얹었다. 매번 달고나를 얻어먹고도 돈 낼 생각조차 안 했으면서 새삼스레 별소릴 다한다. 나는 그저 어깨를 으쓱해 보이며 할아버지에게 빨리 가자며 손짓했다.

베이킹소다를 집어 들었다. 마트 설탕 코너를 몇 번이나 서성거렸다. 설탕도 다 떨어진 것 같아서 설탕을 고르는데 기왕이면 건강을 생각해서 황설탕을 골랐다. 엄마가 봤다면 달고나 자체가 건강이랑은 거리가 먼데 무슨 쓸데없는 짓이냐고 했을 것이다. 건강과 다이어트에 좋다는 자일로스 설탕에 눈이 갔지만 나는 질끈 눈을 감았다.

"할아버지, 우리 더운데 아이스크림 하나씩 먹을까?"

돈 없다고 말할 줄 알았는데 대답대신 할아버지가 냉장고 앞으로 걸음을 옮겼다. 수많은 종류의 아이스크림 앞에서 할아버지는 잠깐 당황한 눈치였다. 나는 그런 할아버지가 작은 소년처럼 느껴졌다. 소년이었을 때의 할아버지도 첫사랑을 했겠지? 팥 아이스크림 하나를 골라 들었다.

"내가 쏘는 거야, 할아버지. 이거 이태한 씨가 제일 좋아하는 맛."

이태한 씨가 좋아한다는 말에 할아버지 눈매가 부드러운 곡선을 그렸다. 할아버지는 군말 없이 두 손으로 아이스크림을 받아들었다. 우리는 아이스크림을 입에 물고 공원을 가로지르는 산책로를 택했다. 걸음을 옮길 때마다 다리에 스치는 비닐봉지 소리가 듣기 좋았다.

"할아버지, 내가 만든 보름달이 어때? 할아버지는 돈도 안 내고 먹으면서 평가 한번 안 하더라?"

"언니, 나 돈 없어요."

"그러니까 돈 대신 내 달고나 실력이 어떠냐고? 냉정하게 말해 봐요."

"언니 달이는……."

내 눈치를 보더니 할아버지가 입을 달싹거렸다. 아이스크림이 녹아 할아버지 구두코에 뚝뚝 떨어졌다. 얼룩 위로 날벌레가 날아들었다.

"제대로 말 안 하면 앞으로 달이 안 만들어 줄 거야. 할아버지, 그래도 좋아요?"

"음, 언니, 언니 달이는 아주 단데…… 써…… 써요."

'엥? 달달한데 써? 그건 도대체 어느 나라 맛일까?'

달달한데 쓴맛이라니! 어처구니없어서 헛웃음이 나왔다.

"할아버지, 아주 달달한데 쓴맛은 없……."

내가 알지 못한다고 해서 무조건 그런 건 세상에 없다고 단정 짓는 행동만큼이나 바보 같은 일이 또 있을까. 그리고 난 이미 한번, 봉사 활동 날에 그 맛을 알아버렸다.

'한승규리.'

반 아이들이 칠판에 두 사람의 이름을 갖고 하나로 묶을 수 있다며 장난칠 때만 해도 나는 재미있다고 웃을 수 있었다. 그런데 지금은 아니다. 이 세상에 달달하고 쓴맛은, 분명 존재한다.

"이서율!"

한승규였다. 사거리에서 우연히 만난 한승규가 잠깐 이야기할 수 있냐고 제법 심각한 얼굴로 물었다. 할아버지는 내 곁에 찰싹 달라붙었다. 우리 할아버지라는 말에 한승규는 바닥에 머리가 닿도록 정중하게 인사했다. 우리는 근처 편의점으로 향했다. 할아버지를 옆 테이블에 앉혀 두고 내 시야에서 벗어나지 않을 딱, 그만큼의 거리에서 나는 한승규와 이야기를 나눴다.

"하고 싶다는 말이 뭔데?"

순간, 규리가 했던 말이 떠올랐다. 자신의 규와 승규의 규 자가 똑같다는 말.

"나 좀 밀어주라, 서율아."

"뭐…… 뭘?"

"나, 최규리한테 관심 있어. 최규리, 네 친구잖아. 네가 말 좀 잘해 줘, 응?"

한승규가 나를 보고 웃었다. 멋쩍은 웃음이었다. 내 두 눈을 힘껏 찌르고 싶었다. 하지만 나는 내 눈의 고통마저 이기지 못하는 나약한 인간이었다.

한승규가 진심을 담아 고백하고 있었다. 내가 한승규를 하루, 이틀 알고 지냈나. 알고 지낸 지 오 년이다. 나를 향해 웃는 저 얼굴……. 저 미소는 그동안 나에게 보여 줬던 미소랑 질적으로나 양적으로 달랐다. 나는 이 애의 첫사랑이 될 수 없음을 드러내는 미소였다.

'아, 그렇게 웃지 말란 말이야!'

아무리 악을 써 본들 가슴 안에서 맴도는 나의 바람은 한승규의 귀에 닿지 못한다.

"첫사랑이야."

최규리가 자신의 첫사랑이라고 밝히는 한승규를 보며 화가 나고 실망하고 속상하고 슬프고 그러다가 아무렇지 않은 척 내 마음을 위장하는 허세를 부리고 싶었다. 내가 만약 스무 살이었다면, 서른이었다면, 내 첫사랑이 실패로 돌아갔어도 의연할 수 있었을까.

"이서율, 넌 내 절친이잖아. 꼭 도와줘. 부탁한다."

나는 묵묵히 발길을 돌렸다. 아직 한참이나 남은 아이스크림은 쓰레기통에 던져 버렸다. 그런 나를 가만히 보더니 할아버지도 한 입이면 다 먹을 양의 아이스크림을 쓰레기통에 밀어 넣었다. 집으로 가야 하는데 발길이 떨어지지 않았다. 한승규는 제 말을 하고 길모퉁이로 사라진 지 한참이나 되었는데, 나만 제자리다.

"할아버지…… 나는 내가 너무 싫어."

밑도 끝도 없는 말이었다. 그런데 계속 입을 다물고 있다간 눈물이 날 것 같았다. 마음속에서 나도 통제하지 못할, 이름 모를 감정들이 소용돌이쳤다.

"왜요, 언니?"

"태어나서 처음 좋아한 애한테 사랑받지 못하는 내가…… 나는 좋아하는 마음을 걔한테 아직 보여 주지도 못했는데…… 정말 내가 싫어."

"나쁜 말이에요."

나는 두 눈을 부릅떴다. 그리고 내 사랑이 실패라는 것을 똑바로 보기로 결심했다. 그래야 포기가 빠를 테니까. 눈물이 나올까 봐 겁이 났다. 얼굴이 일그러질 정도로 눈에 힘을 줬다. 미간이 종잇조각처럼 구겨졌다. 그래 봤자 또 눈이 스마일로 안 처지면 다행이지.

"아프면 울어도 돼요. 이태한이, 우리 아들이 아프면 참지 말고 울어도 된대요."

다른 사람은 몰라도 할아버지 앞에서는 절대로 울지 않을 거다. 당신 나이도 헷갈려 하는 사람 앞에서 울다니, 왠지 양심 없는 애처럼 느껴졌다.

할아버지가 내 손을 잡아끌었다. 아이스크림이 녹은 탓에 손이 끈적거렸다. 집으로 돌아가는 길은 후텁지근했다. 몸은 점점 늘어지고 보폭은 점점 짧아졌다.

한승규리는 되는데 한승규와 나, 이서율 사이는 어떻게 해도 이어질 수 없는 것이다. 좋아해 달라고 떼를 쓴 것도 아니고 그냥 내가 좋아하는 동안, 내가 아닌 그 누구도 좋아하지 않는 상태로 있으면 안 되는 것일까? 너무 이기적인 욕심 탓에 나는 벌을 받고 있는 건가?

횡단보도만 건너면 우리 아파트 단지다. 할아버지가 내 앞을 가로막았다. 천진난만한 얼굴로 환하게 웃고 있었다. 내 가슴엔 커다란 구멍이 뚫려 버렸는데 할아버지는 이토록 시원하게 웃고 있다니! 얄미워지려고 한다. 내 마음 따위는 이해받지 못하고 외면당했다고 생각하니, 심장이 조각나는 기분이었다.

"할아버지, 그만 웃어. 안 그러면 달이 안 만들어 줄 거야."

신호가 바뀌고 나는 성큼 도로를 향해 발을 뻗었다. 신호를 무시하고 횡단보도를 쌩하니 지나쳐 가는 자동차에 놀랄 법도 한데 내심장은 더한 충격을 받은 터라 꿈쩍도 않는다. 할아버지가 내 눈치를 보며 슬금슬금 따라왔다. 일부러 하나부동산 옆, 지름길을 놔두고 문구점을 에둘러 가는 길을 선택했다. 달큼한 냄새가 풍겼다. 달고나 아저씨가 나와 있었다. 초등학생으로 보이는 아이들 서너 명이 쪼그리고 앉아 달고나 만드는 과정을 구경하고 있었다.

'그래, 맞아. 이서율, 넌 단것 별로 좋아하지 않았잖아.'

사랑에 빠진 동안, 나는 나를 잊고 있었다. 난 단것을 먹을 바에 언제나 짭조름한 것을 입에 넣었다. 과자도 초콜릿을 바른 것보다 짭조름한 치즈 맛이나 감자칩이 좋았다. 그렇게 짠맛을 선호하더니 눈물 짤 일만 생긴 것인가? 조만간 내가 돕지 않아도 한승규는 제 스스로 규리에게 좋아한다고 고백할 것이다. 숨을 못 쉬겠다.

달고나 아저씨가 문구점 앞에 나타났을 때, 한승규가 달고나 마니아라는 정보를 입수했을 때, 나는 저 달고나 향기가 세상에서 그 어떤 냄새보다 좋았다. 그리고 한승규가 좋아하는 것을 내 손으로 직접 만들어서 주고 싶었다. 그 마음은 곱고 예뻤다고 믿는다. 지금도 그 마음만은 가짜가 아니었다고, 그 마음만은 함부로 생각하지 말기로 다짐했다.

세수를 하고 옷을 갈아입고 부엌으로 가기 전에 작은방으로 향한다. 할아버지는 또 창문에 딱 붙어서 하늘을 올려다보고 있었다. 아빠를 기다리는 시간이었다.

"할아버지, 달이 만들 거야."

할아버지가 천천히 나를 돌아봤다. 나는 '이번이 마지막이야.'라는 말은 하지 않았다. 할아버지는 잠옷 차림에 중절모를 쓰고 내 뒤를 따라 방에서 나왔다.

식탁 앞에 허리를 꼿꼿이 세우고 앉은 할아버지는 전처럼 콧노래를 흥얼거리지 않았다. 국자를 손에 들고 나도 더 이상 할아버지 콧노래에 맞춰 설탕을 나무젓가락으로 휘젓지 않았다. 그저 묵묵히 습관적으로 나무젓가락을 움직였다. 문제의 베이킹소다 양을 아주 조심스럽게 젓가락 끝에 콕 찍었을 뿐이었다. 국자 안에서 달고나 덩어리가 서서히 제 빛깔을 드러낼 즈음, 아주 오래전 익숙하게 들렸던 목소리가 내 마음을 쓸어 주었다.

"너는 좋은 애야."

치매를 앓기 전, 할아버지 목소리 같았다. 나는 국자를 휘젓던 손을 멈추고 할아버지를 흘끔 쳐다봤다.

"아뇨. 나는 내가 세상에서 제일 미워. 싫어."

"그러지 마요. 너는 좋은 애야."

"왜? 한승규는 딴 애가 좋다는데?"

내 가슴속에 단단히 동여맬 비밀을 툭, 할아버지 앞에 털어놓고 말았다. 할아버지는 한승규가 누군지도 모르면서 내 말에 또박또박 대답해 주었다.

"넌 밥 아줌마 딸이니까. 좋은 애야. 아주 좋은 애."

그래, 나는 좋은 애로 살기로 했다. 첫사랑이 실패로 끝났다고 인생이 끝난 건 아니니까. 열심히 잘 살다 보면 다음 사랑도 다가오지 않을까?

　타지 않게 국자 안을 젓가락으로 휘저었다. 이제 베이킹소다 양을 잘 조절하면 끝이다. 사랑의 마음과 슬픔과 원망과 질투도 함께 휘휘 저었다. 잘 섞여서 달콤해지라고. 마지막이니 제대로 된 맛을 내는 법을 알려 줘도 괜찮지 않냐고. 제법 괜찮은 냄새가 풍겼다. 다 된 달고나 덩어리를 쟁반에 탁, 떨구었다. 지금까지는 성공이었다. 그 어느 때보다 연한 베이지색 덩어리가 먹음직스러웠다.

　"언니는 이름이 뭐예요?"

　나는 천천히 고개를 들어 할아버지의 눈동자를 바라보았다.

　"내 이름은 이서율."

　"이서율, 참 예쁜 이름이네."

　예쁜 것이 당연했다. 할아버지가 지어 준 이름이니까. 나는 할아버지에게 모양 틀을 고르게 했다. 매번 별 모양을 고르던 할아버지에게 억지로 하트 모양의 틀만 강제로 선택하게 했던 내 모습이 떠올랐다. 나는 별 모양 틀을 손에 집어 들었다. 그러자 할아버지가 고개를 가로저었다.

　"저거요, 사랑 모양."

　하트가 제대로 찍혔다. 달고나 덩어리에 너무 깊지도, 얕지도 않게.

　나는 완성한 달고나를 나무젓가락에 꽂아 할아버지께 건넸다. 아무리 반말로 대화한다지만 할아버지는 할아버지다. 찬물에도 위아래가 있지, 달고나도 할아버지가 먼저다. 할아버지가 달고나를 수줍게 받아들었다. 돈 없어도 괜찮다는 눈짓을 했다. 할아버지는 달고나를 한 입 빨아 먹더니 나를 보고 속삭였다. 주름진 입술이 달달한 빛으로 물들었다.

우리는 달고나를 함께 깨물었다. 나는 울었고 할아버지는 웃었다. 기묘한 일이었다. 첫사랑을 잃은 내가 우는 것은 당연했다. 그러나 더한 것을, 모든 기억을 깡그리 잊어버린 할아버지가 저토록 환하게 웃는 것은 반칙이었다. 크게 잃었다면 더 크게 울어야 맞는 것이 아닐까?

"내 이름은 이관웅이에요. 우리 아들은 이태한."

시계가 오후 4시를 가리키고 있었다. 다음에 달고나를 만들 때면 내가 아는 이관웅 할아버지에 대해 이야기해 줘야겠다. 이관웅 할아버지가 다섯 살 때의 나를 얼마나 많이 업어 줬는지, 연 날리는 방법을 어떻게 가르쳐 줬는지, 그리고 첫사랑에 실패한 내 마음을 어떻게 위로해 줬는지를 말이다.

막대사탕과 힘센 장사 소시지가 남긴 것

여고생이 되고 나서 군것질을 즐기지 않게 되었다. 자의는 아니고 타의였다. 매점과 교실의 물리적 거리가 나를 군것질로부터 떼어 놓았다고나 할까. 매점은 지하 1층에 있었고 교실은 7층이었다. 내가 여고생에게 매점과 교실의 위치 선정이 너무 가혹하다고 투덜대는 동안 내 친구들은 그물에 걸리지 않는 바람처럼 잽싸게 매점과 교실을 들락거렸다. 나도 사람인지라, 가끔 달달한 것이 먹고 싶을 때가 있었다. 그러나 쉬는 시간 십 분을 매점 탐방에 쓰고 싶지 않았다. 그냥 가만히 내 자리에 엎드려 사색의 늪에 빠지기에도 일 초가 아까웠다(사실, 그냥 자고 싶었을 뿐).

사람은 인복이 있어야 한다고 했던가! 친구들은 번갈아 가며 자발적 빵셔틀이 되어 주었다. 빵셔틀이란 단어가 학교 폭력의 상징어로 되었지만, 내 학창 시절 빵셔틀은 우정의 상징이었다. 친구들은 에이스 크래

커와 커피믹스에 열광하던 시기였다. 나는 친구들에게 바나나와 딸기 맛이 섞인 막대사탕이나 힘센 장사 소시지를 부탁하곤 했다. 친구들은 금방 떨어지는 품목이 아니어서 편하다며 오히려 내게 고마워했다. 나는 막대사탕과 힘센 소시지를 씹으며 중간고사, 기말고사, 모의고사 등 각종 고사를 이겨 냈으며, 친구들은 에이스 크래커와 커피믹스를 섞어 먹으며 자신에게 관심을 두지 않는 뒷집 오빠와 도무지 알아듣지 못할 공식만 떠드는 수학 선생 흉을 봤다. 모진 세월이었으나, 입안은 풍요로운 시절이기도 했다. 뭔가를 함께 씹으며 우리는 울다, 웃다를 반복했다. 지나친 감수성 때문에 죽는 건 아닌가, 하는 생각이 문득문득 들었지만 아무도 죽지 않았다.

지하 1층에서부터 교실이 있는 7층까지 막대사탕과 힘센 소시지를 기꺼이 사다 주던 내 친구들은 여전히 나를 데리고 새로운 맛집을 찾아다닌다. 요즘 들어 다들 즉석떡볶이에 열광하고 있다. 나는 예나 지금이나 매운 것을 잘 못 먹는다. 그럼에도 불구하고 친구들은 나를 빼놓지 않고 꼬박꼬박 챙기며 내 입에 먹거리를 넣어 준다. 심지어 자신들이 좋아하는 매운 소스를 포기하면서까지 말이다.

그런 생각이 든다. 나를 키운 건 막대사탕과 소시지라는 군것질 속에 파고든 친구들의 배려와 사랑이 아니었을까. 내 곁의 친구들 덕분에 나는 이제껏 멀쩡하게 '동심'이란 것을 온전히 지켜 내고 있는 것은 아닐까.

으랏차차, 이송현

노스탤지어

:

강 경 수

:

"차 한잔 드세요."

남자는 웃으며 나에게 커피를 권했다. 자연스럽게 한 모금 마신다. 쓰다. 약간은 신맛도 있다. 하지만 나는 생글생글 웃는 얼굴을 잃지 않았다.

"케냐산 원두로 만든 커피예요. 커피 많이 드시죠? 이맘때면 학생들이 공부하느라 힘들어서 커피 많이 마실 거예요."

내 앞의 남자는 30대 초반으로 보이는 서글서글한 인상의 독서실 매니저다. 나는 이십 분 정도 그와 상담한 후 이 독서실을 선택했다. 나만 그런 게 아니라 내 또래의 친구들 모두 비슷한 이유로 독서실을 등록했다. 시립 도서관의 빈자리는 느림보들에게 용납되지 않았다.

"되도록이면 조용한 장소로 부탁드릴게요."

"네. 물론이죠. 7층이 제일 조용하니 공부하는 데 집중도 잘될 겁니다. 테라스가 있어 머리 식히기에도 그만이지요."

매니저는 웃으며 상담실의 문을 열어 잡아 준다. 나도 그 웃음이 싫지 않아서 살짝 미소를 지으며 고맙다는 표시로 고개를 까딱했다. 눈 밑의 다크서클이 신경 쓰였다. 지잉~. 상담실 문을 나서자 주머니의 핸드폰이 진동했다.

지민아. 우리 딸 고생 많지? 엄마가 화낸 건 미안해.
이번 고비만 잘 넘기면 우리가 원하는 법대에 갈 수 있을 거야.
아까 준 보온병에 커피 있으니까. 조금씩 마시고 쉬엄쉬엄해.
사랑해.

피식 웃음이 나왔다. 장래 문제로 엄마와 다투었지만 내가 엄마의 소원을 이뤄 주긴 어려울 것이다. 난 영화광이니까. 그런데 언제 나한테 보온병을 줬다는 거지? 아마도 엄마의 착각일 것이다.

핸드폰을 보며 매니저와 함께 엘리베이터 쪽으로 걸어갔다. 띵, 문이 열리자 엘리베이터 안에 탄 여자가 보였다. 나와 비슷한 또래다. 사람을 외모로 판단하는 건 좋지 않다. 하지만 거기에 있던 여자애는 좀 이상해 보였다. 갈색으로 염색한 머리를 빈틈없이 뒤로 따서 길게 늘어뜨리고 끝부분을 보라색으로 물들였다. 몸에 딱 붙는 크롭티는 날씬한 배를 훤히 드러냈다. 짙은 스모키 화장과 짧은 반바지에 가터벨트 스타킹, 그리고 하얀색 부츠를 신고 있었다. 히어로 무비에서 튀어나온 여자 악당 같은 모습이었다. 같은 공간에 극과 극의 여자애 둘을 비교하는 느낌이었다. 그래, 나 범생이다.

매니저는 자주 보는 사람처럼 반갑게 목례했고, 그 여자애도 껌을 씹던 입을 멈추고 활짝 웃으며 인사했다.

'뭐지? 얘도 공부하러 온 건가?'

매니저는 7층을 누르고 닫힘 버튼을 자연스레 눌렀다. 날라리는 5층 버튼을 눌러놓았다.

"여기 이 버튼은 왜 아무 표시도 없나요?"

내가 물었다.

"아, 4층에는 엘리베이터가 서지 않습니다. 그래서 아예 표시를 안 만들어 놓았어요. 실수로 4층에 내리면 안 되니까요."

'서지 않는 엘리베이터에서 누가 내릴까 봐?'

나는 대수롭지 않다는 듯 대꾸했다.

"아, 그렇군요."

옆에 있던 날라리는 나를 힐끗 보더니 미소를 지으며 껌을 씹었다. 처음엔 꼬마전구만 하게 풍선을 만들었다. 다음엔 사과 크기의 풍선을 불고, 그다음에는 진짜 풍선만 한 크기를 작정한 듯이 불었다. 풍선껌이 터져서 그 애 얼굴에 덕지덕지 붙기를 바랐지만 풍선

껌은 바람 빠진 타이어마냥 슈우욱 작아지더니 그 애의 입속으로 쏘옥 사라졌다.

딩동! 5층에서 엘리베이터 문이 열리자, 날라리는 내 쪽을 거만하게 한번 스윽 훑고 매니저에겐 함박웃음을 지으며 엘리베이터를 떠났다. 가뜩이나 공부 때문에 피곤한데 신경을 곤두서게 만드는 여자애다.

엘리베이터는 7층에 위치한 여학생 공부방 겸 회의실에서 문이 열렸다. 좌석 배치가 마치 PC방 같았지만 그것보다는 조금 넓은 칸막이로 둘러쳐진 작은 공간들이 여럿 보였고, 책상별로 번호들이 매겨져 있었다. 할로겐 등이 듬성듬성 켜져 있어 해질녘의 카페를 연상케 했다.

매니저는 빈 책상이 많으니 아무 데나 앉아도 된다고 했다. 난 창쪽 038번에 자리를 잡았다. 앉기 전에 주변을 스윽 둘러보았는데 뒤편에 스탠드가 하나 켜 있었다. 이 7층에는 총 두 명이 사용하고 있다는 것이다. 왠지 꺼림칙한 느낌이 들었다. 이 넓은 공간에 나와 낯선 사람 둘뿐이라니. 손목시계가 밤 아홉 시를 가리키고 있었다. 아홉 시는 사건 사고가 일어나기 좋은 시간이다.

"여기 CCTV는 있나요?"

"아, 물론이죠. 여기 입구에 하나, 저기 뒤쪽에 하나, 복도에도 있어요."

매니저는 내가 무슨 걱정을 하는지 안다는 듯 웃으며 말했다.

매니저가 돌아가자 난 가방에서 책들을 꺼냈다. 오늘은 영어와 물리를 집중적으로 공부할 계획이다. 공부는 순조롭게 진행되었고 두 시간 정도가 흘러 시계는 열한 시를 가리켰다. 엉덩이와 허리가 뻐근해서 잠시 바람을 쐬어야겠다고 생각했다. 7층에 있는 조그만 테라스가 떠올랐다. 기다란 복도를 따라가 끝에 다다를 즈음 밖으로 향하는 문을 발견했다. 문을 열자 시원한 바람이 네온사인이 반짝이는 빌딩 숲 사이로 불어왔다. 테라스로 나온 나는 자연스럽게 주머니에 손을 넣어 무언가를 찾았다. 그런데 순간 내가 뭘 찾고 있는지 알 수 없었다.

'시험 때문에 너무 무리했나?'

대수롭지 않게 생각하고 폐에 바람을 한껏 넣은 다음 번쩍이는 건물의 네온사인들과 작별한 뒤 내 자리로 돌아갔다. 독서실의 문을 열려고 하는 순간 뒤에서 나타난 매니저와 다시 만났다.

"어디 다녀오세요? 마침 잘 만났네요. 피곤할 테니 이거 마시면서 해요."

매니저는 웃으며 보온병 하나를 건넸다. 보온병, 엄마가 아까 나한테 보온병 이야기한 게 생각났다.

"커피예요. 아까 마신 거보다 조금 진할 거예요. 그럼 파이팅."

"감사합니다."

나는 친절한 미소로 답한 뒤 자리로 돌아왔다. 매니저는 괜찮은 사람 같다. 생긴 것도 서글서글하고 무엇보다 사람을 편하게 해 준다. 나한테 관심이 있는 거 아닐까?

나는 미소를 지으며 자리에 앉기 전에 뒤편, 끝자리에 눈길을 돌렸다. 아까 분명히 이곳에 나 말고 누군가 있던 게 생각났다. 지금 그 자리에는 불이 꺼져 있었다. 그때 인기척이 나며 입구 쪽에서 불빛이 들어왔다. 얼굴은 자세히 보이지 않았지만 사람이 나가는 게 보였다. 나가는 찰나를 본 것이라 문에 가린 반 정도만 볼 수 있었다. 큰 키에 어깨까지 오는 긴 머리, 검은색 옷과 검은색 모자를 쓴 모습이었다. 남자? 여긴 여학생 방인데, 남자가 있을 리가 있나. 문이 닫히는 소리가 들리고 나도 자리에 다시 앉았다. 이 넓은 공간에 혼자만 덩그러니 남아 있는 셈이었다. 살짝 무서운 생각이 들었다. 그나마 위안인 건 커튼 너머로 비치는 불빛들이었다. 내가 있는 창에서 불과 30미터 정도 떨어진 빌딩에는 각종 상업 시설들이 위치해 있었다. 나는 커튼을 걷고 밖을 내다보았다. 반짝이는 노래방의 조명이 가장 먼저 눈에 띄었다.

몇 개의 방에서는 삼삼오오 모여 신나게 노래 부르고 탬버린을 쳐 대는 사람들이 있다. 그 방들 가운데 유독 하나의 방에 눈길이 갔는데 잠시 후, 그 이유를 알 수 있었다.

아까 엘리베이터에서 본 날라리 여자애다. 무슨 좋은 일이 있는지 신나게 탬버린을 치고 몸을 이리저리 흔들며 노래를 불렀다. 길고 날씬한 팔다리가 그 애의 몸에서 아름답게 흔들렸다. 순간 짜증이 확 밀려왔다. 왜일까? 나도 모른다. 그 애가 예쁘고 인생을 즐기는 게 내 마음을 불편하게 했다. 쟤는 언제 저기로 간 걸까?

"어휴, 공부나 하자."

영화 관계자가 될 꿈(엄마 미안)을 떠올리며 다시 자리에 앉아 책을 펴고 억지로 현실의 내 자신으로 돌아왔다. 아까 봤던 부분이 어디더라?

"당국은 사전에 미리 고지를 하고 불법 AI의 사용을 엄금했다. 더불어 스페이스 코로니 계획은 이번 제재로 인해 발전 가능성이 더 디어질 것이라는 전망이다. 하지만 많은 사람들은 고유 식별 번호를 이용해……"

이게 무슨 소리지? 책 내용이 뭔가 달랐다. 나는 책의 표지를 다시 한 번 봤지만 '고등학교 물리2'라고 쓰여 있었다. 이런 내용이 시험에 나왔나? 갑자기 목이 말랐다. 보온병 마개에 커피를 조금 따라 한 모금 마셨다가 그만 푸웁, 뱉고 말았다.

"이거 맛이 왜 이래? 너무 쓰잖아."

나는 생각보다 쓴 커피를 뱉으려고 일어섰다가 아무도 없다는 걸 다시 한번 느꼈다. 빈 공간에 혼자 있자니 불안감이 엄습했다. 일주일 밤을 샌 사람처럼 머리가 윙윙 돌았다. 정적이 공간을 지배하고 있었다. 잠시 뒤, 빈 공간 틈에서 울림이 생겼다.

처음엔 아주 조그만 소리였지만 그 소리는 스피커에서 들리는 하울링처럼 높고 자극적인 소리가 되어 달팽이관을 사정없이 후려쳤다. 견딜 수 없을 정도로 높고 째지는 소리가 나더니 잠시 후, 썰물처럼 소리가 밀려 나갔다.

'내가 시험 때문에 예민해졌나? ……아까도 이 말을 한 거 같은데?'

나는 어두운 공간을 한번 둘러보고 자리에 앉으려는 찰나, 창밖을 다시 보게 되었다. 사실 일부러 본 것이다. 그 날라리 여자애가 아직도 신나게 몸을 흔들어 대며 노래를 부르나 궁금했다. 창 너머 그 애는 차분한 분위기에서 노래하고 있었다. 아마도 발라드를 선곡한 것 같았다. 이윽고 그 애에게 어떤 그림자가 다가오더니 둘은 한 몸처럼 꼭 붙어 버렸다.

'그럼 그렇지. 저런 날라리한테 남자가 없을 리 없지.'

속으로 끓어오르는 질투를 누르고 여자애와 누군가가 꼭 껴안고 있는 모습을 응시했다. 그리고 무심결에 책상에 놓인 커피를 입에 대었다가 다시 뱉어 버렸다.

"아우 씨! 무슨 커피 맛이 이래?"

매니저는 무슨 생각으로 이렇게 쓴 커피를 준 거람? 혹시 이상한 걸 커피에다 탄 건 아닐까?

설마 하는 생각에 한쪽으로 커피를 치우고 다시 공부에 집중했다. 하지만 또다시 귀에서 들리는 소리 때문에 집중은커녕 머리만 아파 왔다. 문득 아무도 없는 이 공간에 뭔가 문제가 있다는 생각이 들었다. 뭔지 모르겠지만 커튼 뒤의 유령처럼 실체 없는 불안감이 나를 감쌌다.

'안 되겠어, 정신 좀 차려야지.'

바람을 좀 쐬러 테라스로 나가려는데 문을 열고 안으로 들어오던 매니저와 마주쳤다. 그는 사람 좋은 웃음을 머금고 내 얼굴을 쳐다보고 있었다.

"어디 가시는 거예요?"

"답답해서 바람 좀 쐬러고요."

"공부하느라 힘들죠? 다른 학생들도 스트레스 많이들 받는 거 같아요. 기운 내세요. 이 고비만 넘기면 좋은 날이 올 거예요. 어머님도 응원해 주고 계시잖아요."

"우리 엄마가요?"

"네. 아닌가요? 부모들이라면 다들 자식 잘되길 바라시는 거 같은 맘이잖아요."

틀린 말은 아니다. 매번 고비마다 엄마는 나를 다독여 주었다.

매니저와 이야기 나누자 내 안의 불안은 조금씩 줄어들었다. 나는 그 사람에게 웃음으로 인사한 뒤 테라스에는 나가지 않고 공부를 좀 더 해 보기로 했다.

"온도는 어때요? 냉방이 너무 추운 건 아니죠?"

"네. 딱 좋아요. 그런데 사람이 없어서 좀 으스스해요."

"하하, 그래요? 알겠습니다. 여학생 몇 명을 7층으로 보낼게요. 또 너무 한적하면 공부할 맛이 안 나죠."

매니저는 미소를 머금고 말했다.

"그리고 이거 마시면서 하세요. 이거 줄려고 왔는데 이야기하다가 깜빡했네요."

매니저는 아까처럼 커피라며 잔에 든 음료를 나에게 건네주었다.

'아까 커피 맛은 형편없었네요. 아저씨.'

"감사합니다. 잘 마실게요."

"파이팅!"

거짓말하는 게 이런 분위기에서는 편하다. 나는 매니저가 건넨 잔을 들고 내 자리로 돌아왔다. 매니저가 준 커피를 살짝 입에 대 보니 아까보다 더 쓰고 역한 맛이 올라왔다.

'젠장, 저 사람이 나를 가지고 노는 건가? 왜 자꾸 커피라고 부를 수도 없는 맛없는 걸 주는 거야.'

나는 언짢은 기분으로 창밖을 바라봤다. 아직도 그 날라리는 남자와 즐거운 시간을 보내고 있겠지. 내 처지에 비하면 오히려 저쪽이 훨씬 행복해 보이는군.

'착한 여자는 천국에 가지만 까진 년들은 어디든 갈 수 있다.'

흥, 내 얘긴 아니다.

건너편 노래방 건물에서 그 여자애가 있던 방을 눈으로 쫓았다. 여지없이 그 날라리가 보였다. 얼굴을 창밖으로 향하고 만세를 부르며 창 쪽으로 딱 달라붙어 있는 모습이었다.

그 애는 한동안 같은 포즈로 창가에서 움직이지 않았다. 나는 이 상한 느낌이 들어 자리에서 일어나 창 쪽으로 다가갔다. 날라리는 주먹을 쥐더니 창문을 두드렸다. 나는 조금 더 창가로 다가갔고, 그 애의 얼굴 표정을 확인할 수 있을 정도로 가까워졌다. 그 애의 얼굴은 고통으로 일그러져 있었다. 누군가의 손이 목 부근을 감싸고 있었고, 여자애는 숨이 막힌다는 듯 발버둥 치고 있었다.

'뭐지? 저게 무슨 일이야?'

뒤에서 누군가 무지막지한 힘으로 목을 조르고 있었다. 날라리의 발은 공중에 떠서 물 밖으로 나온 생선마냥 파닥거렸다. 창문을 걷어차고 주먹을 허공에 흔들어 대며 입을 크게 벌려 소리를 질렀다. 하지만 그 소리는 여기까지 도착하지 못하고 다른 방에서 나오는 반주에 묻혔다.

내 심장이 쿵쾅대기 시작했다. 난 두 손으로 내 입을 막고 놀라서 그 애가 버둥거리는 일 분여의 짧은 순간을 지켜보고만 있었다. 식은땀이 났다. 누군가에게 이 범죄를 알려야만 하는데 그 임무를 내가 맡게 되리란 건 꿈에도 생각지 못했다.

"끄윽. 끅."

건물 너머 내가 있는 이곳까지 그 아이의 신음 소리가 들리는 듯했다. 더 최악인 건 공중에서 버둥거리던 그 여자애가 나를 발견했다는 것이다. 우리는 두 눈이 마주쳤고, 고통으로 일그러지는 그 애의 얼굴을 꼼짝없이 바라볼 수밖에 없었다. 나는 반딧불처럼 가녀린 생명이 어둠속으로 꺼져 가는 걸 느낄 수 있었다. 그러다 힘없이 툭! 날라리의 몸이 허물을 벗은 곤충의 껍데기처럼 바닥에 고꾸라졌다.

　노래방 건물의 다른 방에서는 이 사실을 알지도 못한 채 신나게 노래들을 부르고 있었다. 회식 온 직장인들, 가족끼리 혹은 연인끼리 와서 방금 일어난 살인 사건은 안중에도 없다는 듯 웃고 마시고 춤추며 노래를 불렀다. 서로 다른 다중 우주에 존재하는 사람들 같았다.

　쓰러진 여자애 뒤로 검은 그림자가 떡하니 서 있었다. 나는 내 자신을 책망했다. 멍하니 서 있지 말고 바로 뛰쳐나가 누군가에게 이 사실을 알려야 했다. 하지만 늦었다. 검은 그림자는 창으로 다가왔고 나는 몇 걸음 물러섰다. 그리고 검은 그림자의 모습을 나는 똑똑히 볼 수 있었다. 낯익은 모습. 그 사람은 나와 같은 층 구석 자리에 있던 사람이다. 검은 모자에 검은 옷, 어깨까지 닿는 긴 머리까지. 틀림없이 아까 지나치듯 봤던 그 사람이 맞았다. 순간 나는 온몸이 소름으로 휩싸였다.

　'내가 살인자와 같은 공간에 존재했다는 거잖아?'

　그 사실은 나를 또 한 번 패닉에 빠지게 했다.

　검은 남자는 석상처럼 그 자리에 우뚝 서서 내가 있는 독서실 건물을 쳐다보았다. 나는 덜덜 떨리는 다리를 다그쳐 뒤쪽의 어둠으로 숨어 보려고 했다. 그 남자는 손을 뻗어 유리창에 대었다. 커다란 손을 쫘악 펴 내가 있는 쪽을 향했다.

　'몇 층인지 확인하는 걸까?'

다음 순간 남자는 나의 시야에서 사라져 버렸다.

나는 극한의 공포를 느꼈다. 땀이 비 오듯 흐르고 다리가 휘청댔다. 그 남자가 이곳으로 향했다면 길게 잡아도 십 분 안에 도착할 것이다. 여기 있어서는 안 된다고 뇌가 명령했다. 저 남자는 연쇄 살인범이다. 뭐라고? 갑자기 내 머릿속에서 번개처럼 이런 생각이 떠올랐다. 왜 이런 생각이 들었는지 모르지만 본능적으로 내 생각이 맞다고 느껴졌다. 자리로 돌아왔을 때 책상에는 신문 한 장이 놓여 있었다. 오늘 자 신문에는 대문짝만 한 헤드라인이 쓰여 있었다.

노량진 학원가에 벌어진 의문의 살인 사건

연쇄 살인의 징후인가?

'이 신문이 언제부터 여기 있었던 거지?'

그런 걸 신경 쓸 시간이 내겐 없다. 10대 소녀가 엄마는 이길 수 있어도 살인자는 이길 수 없다. 후들거리는 손을 움직여 나는 가방에 짐을 쓸어 담았다. 몇 개의 책들은 바닥에 떨어졌지만 그런 건 중요하지 않았다. 사정없이 문을 열고 나갈 때, 그 앞에 사람이 서 있는 걸 보고 나는 미친 듯이 비명을 질렀다.

"왜 그래요? 무슨 일 있어요? 무슨 땀을 이렇게 흘러요? 귀신이라도 본 사람처럼."

매니저는 한 손에 컵을 들고 이 세상에서 제일 걱정스런 표정으로 나를 바라보고 있었다.

"그…… 그게."

제대로 된 말이 나오지 않았다. 방금 전 내가 본 살인의 현장을 알려야 한다는 생각뿐이었다. 하지만 매니저의 다음 말을 듣자 내가 하려던 이야기는 입안으로 사라졌다.

"너무 무리한 거 아니에요? 안색이 안 좋아요. 자, 여기 커피 한 모금해요. 이걸 마시면 좀 좋아질 거예요."

커피. 뭔가 이상했다. 왜 자꾸 나에게 커피를 권하는 걸까?

처음 만났을 때도, 또 같이 7층에 올라왔을 때도, 그 이후에도 여러 번 커피를 마시라고 권했다. 엄마도 나에게 커피를 마시라고 했던 게 떠올랐다.

"아이, 팔 아프네. 사람 민망하게 안 받아 주는 거예요?"

매니저가 능글맞은 웃음을 띠며 말했다.

"싫어요. 왜 자꾸, 그러니까 아까부터 나에게……."

흥분하니까 혀가 꼬이고 하고 싶은 말이 제대로 나오지 않았다. 출입문을 사이에 두고 이렇게 이야기할 시간이 나에겐 없었다.

딸칵!

그때 저 끝자리에서 스탠드의 노란 불빛이 빛났다. 나의 동공은 팽창해서 터질 듯이 커졌다. 그 남자가 돌아왔다. 아까의 연쇄 살인범이 있었던 그 자리에 다시 불이 켜진 것이다. 모습은 보이지 않았지만 불이 켜진 걸로 보아 벌써 이 공간 안으로 돌아온 것이다. 나는 창백해진 얼굴을 들어 매니저를 쳐다보았다. 매니저는 무슨 일이 있냐는 듯 웃으며 커피를 위로 두어 번 흔드는 제스처를 취했다.

'이 사람은 믿을 수 없다.'

나의 결론이었다. 결론이 내려지자 매니저를 밀치고 문 밖으로 몸을 날렸다. 검은 남자가 있던 자리의 불빛이 꺼지는 걸 어렴풋이 느꼈다. 나는 내 다리가 허락하는 최대한의 속도로 엘리베이터를 향해 달려 나갔다.

무슨 일이 오늘 밤에 벌어지고 있는 거야. 여기에 내가 있으면 안 됐었어. 나는 엘리베이터의 버튼을 사정없이 두드렸다.

"이봐요. 학생, 어디 가요, 이 커피는 안 마실 거예요?"

나는 매니저의 말에 대꾸조차 할 수 없었다.

"안 돼요. 이러면 안 된단 말예요. 이 커피를 마셔요. 안 그러면 큰일 난단 말예요."

매니저는 큰 소리로 말했다.

'그 커피 너나 처먹어라. 혹시 저 사람도 그 살인자와 한패가 아닐까?'

띵! 소리와 함께 엘리베이터 문이 열렸다.

'오, 신이시여. 감사합니다.'

내 평생 엘리베이터에 이렇게 감사해 본 적은 처음일 것이다. 닫힘 버튼을 누르며 힐끗 보니 당황스럽고, 조금은 실망한 표정의 매니저가 보였다.

'하하. 이 자식들아, 너희는 실패했어. 오늘 밤의 미소녀 사냥은 실패라고요.'

엘리베이터 문이 서서히 닫히기 시작했다. 그리고 실망한 매니저를 지나 살인마가 걸어 나오고 있었다. 매니저는 그 사람이 보이지도 않다는 듯 내 쪽만을 실망한 표정으로 바라보고 있었다. 마치 사람들 눈에 보이지 않는 영혼처럼 살인마는 그를 지나 성큼성큼 엘리베이터를 향해 걸어왔다.

"오, 제발. 제발 문아! 닫히라고."

점점 더 커지는 그 남자의 그림자가 느껴졌다. 길쭉하게 늘어선 음영이 엘리베이터 문 안으로 머리를 들이밀었다. 내 온몸은 땀으로 뒤범벅되었다. 머리털은 전기를 맞은 듯 쭈뼛쭈뼛 섰고, 손발은 핸드폰 진동처럼 쉴 새 없이 떨어 댔다. 이제 조금만 있으면 나도 그 날라리 여자애처럼 살인마에게 목이 졸린 채 허공에 두 다리를 버둥거리면서 꺽꺽거리겠지? 그럼 얼마의 시간을 나는 버틸 수 있을까? 하지만 행운은 아직 나의 편이었다.

덜컹.

엘리베이터 문은 나의 오만 가지 망상을 무시하고 아무 일 없다는 듯 닫혔다. 나는 이 믿을 수 없는 행운에 기뻐했다. 아직 10대의 끝자락에서 피어 보지도 못한 내 인생에 마침표를 찍지 않았다는 것만으로도 감사한 마음이 들었다. 고백하자면 난 커피를 좋아하지도, 먹고 싶지도 않다. 매니저가 권했기에 그냥 어른인 척 굴어 본 거다.

1층에 내려 무조건 달려 사람들이 많은 곳으로 가야 했다. 변태 같은 매니저와 연쇄 살인마의 손이 닿지 않을 곳으로. 엘리베이터는 6층을 지나고 있었다.

그 날라리 여자애, 갑자기 그 애 생각이 났다. 내가 할 수 있는 최소한의 것을 세상에 없는 그 애에게 베풀어 주고 싶다는 생각이 들었다. 나는 주머니를 뒤져 핸드폰을 꺼내 떨리는 손으로 112를 눌렀다.

띠리리~.

신호가 가고 있다. 기계의 전자음이 지직 울리며 핸드폰 너머의 어떤 상대, 아마도 어떤 경찰과의 통화를 시작했다.

"여보세요? 경찰이죠?"

"네. 말씀하세요. 무엇을 도와드릴까요?"

"지금 여기에 살인마가 있어요. 제가 살인 현장을 목격했어요. 그러니까 제 또래의 여자아이를 어떤 남자가……."

나는 핸드폰에 대고 속사포처럼 이야기를 토해 냈다.

"자, 진정하세요. 진정. 그러니까 지금 살인 현장을 목격하셨다는 말씀이신데. 그 전에 한 가지 중요한 사실을 알려드리겠습니다."

"네? 네, 뭐든지 말씀하세요."

"협조해 주셔서 감사합니다. 그럼 이제 곧 4층에 도착합니다."

"뭐라고요?"

뚜뚜뚜-.

그 말을 끝으로 경찰과 통화가 끊겼다.

'곧 4층에 도착한다고?'

오늘 밤은 지구상에서 벌어지는 불가사의한 일들이 한데 모여 나에게 쳐들어올 작정인가 보다. 불길한 마음에 나는 핸드폰을 던져 버렸다.

한 가지 더 마음에 걸리는 점은 내가 아는 바로는 이 건물에 4층은 존재하지 않다는 것이다. 엘리베이터의 계기 버튼을 확인한 순간 거기엔 자연스럽게 4라고 쓰인 버튼이 보였다. 그다음 순간 버튼에 불이 들어오더니 띵! 하는 소리와 함께 문이 열렸다.

분명 이 건물에는 4층이, 아니 4층이 있다고 해도 거기에는 멈추지 않게 되어 있다고 했는데.

열린 엘리베이터 문을 통해서 본 4층은 지독히도 어두운 공간만이 아가리를 떡 벌리고 있었다. 엘리베이터에서 나온 불빛 그 경계 뒤부터는 아무것도 보여 줄 수 없다는 듯 철저한 암흑뿐이었다. 어둠에서 움직이는 무언가 보였다. 난 두 손으로 가슴을 움켜잡고 벌어질 일에 대비했다. 하지만 그건 빨간 풍선이었다. 둥둥 떠 있던 풍선은 잠시 후 어둠의 저편으로 사라졌다.

나는 닫힘 버튼을 연타했다. 내 맘과는 상관없다는 듯 엘리베이터 문은 천천히 닫혔다. 문이 거의 닫힐 무렵 불쾌한 소리가 들려왔다.

후다닥, 콰앙!

검은 물체가 달려와서 사정없이 엘리베이터 문에 부딪쳤다. 나는 닫히는 문 사이로 검은 물체가 그 남자라는 걸 깨달았다.

내가 할 수 있는 일은 비명을 지르며 닫힘 버튼을 누르는 일뿐이었다. 남자의 번뜩이는 눈이 닫힌 문에 잔영처럼 박혀 있었다. 정신 차리자. 난 아직 살아 있다.

땅!

또 한 번 엘리베이터가 멈추고 문이 열리는 소리가 들렸다. 신경 질적으로 계기판을 쳐다봤다. 이번에도 4층 버튼에 불이 들어왔다.

'왜 또 4층으로 돌아온 거지?'

엘리베이터는 아래층으로 이동해야 된단 말이야. 나의 절규는 이제 거의 절망으로 변해 있었다.

"문이 열리면 그 남자가 나타날까?"

지이잉—.

문이 열리고 그 앞에 나타난 생물은 또 한 번 나를 당황케 했다. 4층 문 앞에는 작고 검은 새끼 고양이가 반짝이는 눈으로 나를 쳐다보고 있었다.

"야옹."

나지막하고 짧은 울음. 녀석은 자신의 얼굴을 세수했다. 나는 이 상황을 어떻게 받아들여야 할지 몰라 커다래진 두 눈을 굴리고만 있었다. 다시 닫힘 버튼을 연타했다.

엘리베이터가 움직였다. 하지만 도착한 곳은 다시 4층이었다. 숨을 참고 문이 열리기만 기다렸다. 나에게 무기가 될 만한 것을 찾는데, 가방의 보온병이 손에 닿았다. 변변치 않지만 그거라도 손에 쥐고 엘리베이터의 문이 활짝 열리기만을 기다리고 있었다.

'덤벼라, 개자식아. 니가 나를 가지고 노는 거 잘 알고 있어. 맘대로 해 보라고!'

하지만 4층 엘리베이터 문이 열리자 나는 보온병을 놓치고 그 자리에 주저앉아 버렸다. 두 눈앞에 펼쳐진 풍경을 내가 어떻게 설명해야 할지 잠시 고민했지만, 풍경 그대로만 설명하자면 내 눈앞에 펼쳐진 건 우주다. 말이 이상하지만 정말로 내 눈앞, 그러니까 4층의 엘리베이터 바깥쪽에 있어야 할 복도와 사무실이 아니라 우주가 펼쳐져 있다. 그게 정확한 사실이었다.

"이게…… 이게 다 무슨 난리람."

내 목소리는 공허하게 울려 B급 영화의 마지막 대사처럼 현실감 없이 들렸다. 엘리베이터 문은 닫히지 않았다. 닫힘 버튼을 눌러도 아무 반응이 없자, 나는 가장자리로 가서 손을 우주에 넣고 휘저어 봤다. 없다. 그러니까 공간이 없다는 것이다. 반쯤은 진짜 우주가 맞는 걸까? 사실을 확인할 길이 없자 나는 보온병을 들어 우주를 향해 던졌다. 보온병이 그대로 암흑 속으로 사라지자 당연하겠지, 라고 떠올렸다. 하지만 조금 시간이 지나자 어딘가에서 까앙! 하는 소리가 들렸다. 그 소리를 듣자 저 바깥에 펼쳐진 게 진짜 우주일까, 하는 의구심이 들었다.

쿵!

무언가 묵직한 게 엘리베이터 천장을 때리는 소리가 났다. 마치 내가 한가하게 우주 타령한 걸 벌주려는 듯이 느껴졌다. 맞는 말이다. 아직도 나는 미친 살인범에게서 달아나는 중이었다. 곧이어 엘리베이터 전체가 삐걱대며 흔들렸다.

내 눈은 슈퍼 파워를 가진 것처럼 저곳에서 무슨 일이 벌어지는지 훤히 알 수 있었다. 그놈이 저 위에 있다. 그리고 조금 있으면 엘리베이터 천장을 부시고 이곳에 들어올 것이다. 수색 영장도 없이 말이다. 이빨이 덜덜 떨리고 폐가 터질 듯 부풀어 올랐다 가라앉았다.

치직—.

엘리베이터의 비상용 스피커에서 소음이 들렸다. 내가 아직 현실 세계에 있다면 이 소리는 나의 동아줄일 것이다. 나는 스피커에 대고 소리쳤다.

"살려 주세요. 거기 아무도 없어요? 엘리베이터가 고장 났어요. 제발 사람을 보내 주세요."

"아, 엘리베이터가 또 고장이군요. 이번 달만 벌써 세 번째네요."

익숙한 목소리에 표정까지도 떠올랐다. 바로 매니저의 목소리였다. 나는 마지막까지 두 손으로 꽉 쥐고 있던 이성의 끈이 탁! 풀리는 느낌을 받았다.

"이봐요. 학생, 아직 거기 있는 거죠?"

나는 아무 말도 하기 싫었다. 엘리베이터의 천장에서 소음이 일었다.

"이제 정말 시간이 별로 없군요. 아까 내가 준 커피 마셨나요?"

미치겠군.

"당신 도대체 무슨 말이야? 왜 아까부터 커피를 마셨냐고 묻는 거지? 거기에 뭘 탄 거야? 이 미친놈아! 너랑 저 살인마 둘이서 짜고 이런 일을 벌이는 거지? 내가 신문에서 다 봤다고."

신문? 그래 아까 책상에 놓인 신문에 쓰여 있었다. 단독범이 아니라고.

"지금이라도 나를 그냥 보내 줘요. 그럼 경찰에는 알리지 않을게요."

"커피를 마셨나요?"

이놈들은 애초부터 날 살려 줄 생각은 없었다. 오직 약물을 탄 그놈의 커피 이야기뿐이다.

쿵쿵. 찌걱찌걱. 심하게 흔들리는 쇠붙이 소리.

"아니, 내가 그걸 왜 마셔. 독약처럼 쓴 커피를! 거기에 약을 탄 걸 다 알고 있다고. 이 살인마들, 그건 엘리베이터 바깥 저 우주인지 뭔지 저편으로 던져 버렸어. 알겠냐고!"

찌걱찌걱. 쇠붙이가 휘는 소리.

말이 없는 스피커가 내 신경을 헤집고 후벼 파는 느낌이다.

그때 스피커 너머에서 음악 소리가 흘러나왔다. 나는 그게 무슨 노래인지 바로 알 수 있었다. 로이 오빈슨의 〈In Dreams〉. 1986년 데이빗 린치의 영화 〈블루 벨벳〉 OST.

I close my eyes then I drift away into the magic night~

끼이이익!

쇠붙이가 토해 내는 비명 사이로 무언가가 보이기 시작했다. 나는 피에 젖은 시커먼 얼굴을 보자 헉! 하며 벽으로 찰싹 달라붙었다. 날카롭고 커다란 이빨을 드러내고 피칠갑한 얼굴이 증오에 타오르는 눈동자로 나를 노려보고 있었다. 이미 인간의 형태를 벗어나 무언가로 진화 중인 것처럼 보였다.

"그럼. 이제 당신이 할 수 있는 일은 별로 없어 보이는군요. 커피를 마시지 않았다면 엘리베이터 밖 우주로 뛰어내리세요."

Then I fall asleep to dream my dreams of you.

이 사람 뭐라고 하는 거야?

"내가 왜 당신 말을 들어야 하지? 엘리베이터 밖은 우주라고. 난 저기로 뛰면 살아남지 못할 거란 말이야."

"어떻게 확신하죠? 그곳이 우주라고? 당신은 저곳이 우주라고 생각하나요? 아니면 그냥 엘리베이터 밖의 평범한 복도일까요? 아니면 우리 곁에서 잠깐 머물다 초신성처럼 폭발하고 소멸하는 젊음 같은 것일까요? 우주, 살인마, 커피, 유년, 고통 같은 건 대뇌피질이 우리에게 주는 환상은 아닐까요? 어떻게 그 모든 게 사실이라고 단정 지을 수 있죠?"

I can't help it.

 저긴 우주야. 우주가 맞다고. 별들과 은하계와 혜성이 지나가는 우주란 말이야.
 쾅쾅.
 군화를 신은 살인마가 거침없이 엘리베이터 천장을 걷어차고 있었다.

I can't help it if I cry.

"당신은 두 가지 옵션 중 선택을 해야 합니다. 우주인지 아니면 목숨을 건질 수 있을지 모르는 엘리베이터 바깥으로 나가는 것과 당신을 잡아서 자신의 변태적인 욕구를 채우려는 살인마에게 당하는 것. 어느 쪽도 괴로울 수 있지만 당신은 선택해야만 합니다."
 지금 벌어지는 이 지옥 같은 상황에 나의 뇌는 지칠 대로 지쳤고 모든 걸 포기하고 싶어졌다. 엘리베이터 천장이 벗겨지자 야수의 형상을 한 남자가 나타났다. 불타는 눈과 날카로운 이빨로 무장한 그것이 털이 덥수룩하게 자라난 팔의 촉수를 나에게 뻗는 순간.

I remember that you said goodbye.

난 두 눈을 질끈 감고 엘리베이터 바깥의 우주로 몸을 날렸다. 간발의 차로 야수의 손은 내 옷자락 한 올만 가져간다.

Only in dreams, in beautiful dreams.

우주 속으로 머리부터 거꾸로 처박히듯 내려간다.
'가만, 우주라면 내 몸은 둥둥 떠야 되는 거 아닌가?'
괴로운 느낌은 없다. 롤러코스터를 타는 듯 몸은 어떠한 지점을 향해 날아갔다.
그때 노래방 건물 창이 빠르게 나타났다. 고속도로 휴게소 간판처럼 휘익. 그 안에는 머리를 길게 땋은 날라리 여자애가 있었다. 그애는 웃으며 손을 흔들어 댔다. 마치 '속았지'라는 듯 깔깔대며 우주 속으로 낙하하는 나를 보고 좋아했다. 그리고 넓디넓은 우주의 한 점 먼지처럼 나의 의식은 보잘것없이 사라져 버렸다.

3, 2, 1, 0.

카운트에 맞춰 나의 의식이 돌아왔다. 눈을 떠 보니 사방이 백색으로 된 방에 머리에 무언가를 주렁주렁 달고 누워 있었다.

'여긴 어디일까?'

몸을 일으켜 두리번거리다가 내 몸을 보고 깜짝 놀란다. 두 손을 번갈아 가며 살펴보니 주름과 검버섯이 가득한 피부가 내 눈에 들어왔다. 그건 내가 노인이라는 뜻이었다. 내 몸의 급격한 노화에 화들짝 놀라고 있을 때, 익숙한 목소리가 들렸다. 외마디 비명을 지르며 돌아본 곳에는 독서실의 매니저가 서 있었다.

나 :   당신……?

매니저 :   이제 좀 정신이 드시나요?

나 :   당신이 왜 여기에 있는 거죠?

매니저 :   흠, 이해합니다. 다른 많은 분들도 처음 깨어나시면
            던지는 질문 가운데 하나죠.

나 :   그게 무슨 말이죠? 깨어나다니요?

매니저 :   하하, 너무 걱정 마세요. 당신은 지금 안전하니까요.

나 :   여긴 어딘가요? 그리고 내 몸이 왜 이렇게……?

매니저 :   늙었다고요? 놀라지 마세요. 당신은 당신이 원하기만
            하면 언제든 새로운 장기와 피부조직 이식으로 다시
            젊어질 수 있으니까요. 지금까지 자연스레 나이를 먹

	은 건 아마도 당신의 선택인 거 같군요.
나 :	선택……?
매니저 :	그래요. 여기는 버추얼 에스테틱 센터입니다. 기억 안 나세요? 지금은 우주력 24년. 서기로는 2068년입니다.
나 :	2068년이요?
매니저 :	맞습니다. 이제 좀 기억이 나시나요? 이곳은 꿈의 공장이라는 애칭으로 불리며 사람들의 잠재의식이나, 과거의 행복했던 시간, 혹은 이루지 못한 꿈이나 사랑을 가상 세계에서 이루어 주는 서비스를 담당하고 있습니다. 과학 발전이 모범적인 사례로 쓰이는 경우라고 할 수 있습니다. 아, 기억 안 나실까 봐 말씀드리지만 저는 당신의 꿈 조정을 맡고 있는 안드로이드 매니저 미스터 K입니다.
나 :	그래요. 이제 조금 생각이 나는 거 같아요.
미스터K :	다행입니다.
나 :	그런데 아직 이해가 안 가는 부분이 있어요. 제가 기억하기로는 제 꿈, 아니면 가상현실의 내용은 입시 스트레스로 엄마와 싸우고 독서실에서 공부하다가 다시 엄마와 화해하는 내용을 주문한 거 같은데……. 제가 진짜로 겪은 기억에 기반을 두어서 말이에요.

미스터K : 맞습니다. 끝부분에는 대학 합격을 어머님과 축하하는 엔딩을 원하셨죠.

나 : 맞아요. 사실 그때 엄마와 끝내 화해하지 못했거든요. 그런데 제가 방금 꾼 꿈? 가상현실? 뭐라고 불러야 할지 모르겠지만 굉장히 무서운 꿈이었어요. 공포로 가득한 내용인데 제가 왜 그런 것들을 보게 된 거죠?

미스터K : 그 문제에 대해서는 저희 에스테틱에서는 인간의 표현을 빌자면 입이 열 개라도 드릴 말씀이 없습니다. 단도직입적으로 말씀드리면 고장입니다. 앞서 말했듯이 원래대로라면 당신은 10대 시절로 돌아가서 쓴 커피를 마시며 공부하고, 어른이 되어 미래에 대한 달콤한 상상을 한다는 내용이었습니다. 물론 어머님과의 화해에 대한 부분도 옵션으로 포함되어 있었지요. 문제는 시스템의 혼선에 있었습니다.

나 : 혼선이요?

미스터K : 네. 이 건물 어딘가에서 20세기 고전 공포 소설 모임이 있었는데, 포우나 크래프트 혹은 킹 같은 작가들을 추종하는 그룹들이죠. 그 분들 중 한 분이 원한 꿈이 바로 살인마에게 쫓기는 무시무시한 꿈이었습니다. 그런데 시스템의 혼선으로 두 분의 꿈이 서로 연결되었습니다. 그래서 죄송하게도 제가 당신의 꿈에 개입할 수밖에 없었습니다. VR 시스템 유지 장치가 제대로 작동되려면 필수 물질인 '아르고'라는 영양분을 계속 공급해야 하는데 아마도 이게 문제였던 것 같아서, 당신의 꿈에서 제가 계속 아르고를 커피로 속여 마시게 했습니다. 불쾌하셨더라도 양해 바랍니다.

나 : 하지만 꿈속의 커피는 정말 쓰고 역겨운 맛이 났어요.

미스터K : 뇌를 통해 전달되면 상관없는데 아르고의 직접 음용은 아무래도 역한 맛이 있습니다.

나 : 그 갈색 머리의 여자애도 내가 원한 인물인가요?

미스터K : 글쎄요. 확인해 보겠습니다만 아마도 혼선이 생기면서 또 다른 삼자의 꿈이 끼어든 것일 수도 있고, 아니면 당신의 내재된 잠재의식일 수도 있습니다.

나 : …….

미스터K : 이번에 심려를 끼쳐 머리 숙여 사과드립니다. 아울러 이런 말씀을 드리는 것 또한 염치없지만, 실수라는 건 아직 발전할 수 있다는 기회를 알리는 신호라고 생각합니다. 하나의 완벽한 인간이 되기 위해 겪는 모호한 유년 시절처럼 말입니다. 이 모든 것은 흔히 일어날 수 있는 오류입니다. 오류. 다음에 저희 버

추얼 에스테틱을 이용하신다면 50퍼센트 할인된 가
격으로 모시겠습니다.

나 :   …….

미스터K :   자, 이제 시간이 거의 다 되었군요. 당신은 이제 곧
영화를 찍으러 떠나야 한답니다. 팬들의 사랑을 받는
다는 게 어떤 기분인가요? 물론 황홀하겠지요? 떠나
시기 전에 제가 당신의 기운을 북돋아 드릴 필요가
있겠군요. 아, 걱정하지 마세요. 이번엔 맛이 괜찮을
겁니다. 그럼 커피 한잔 어떠세요?

나는 미스터K의 말에 살짝 웃었다. 입가에 주름이 잡히는 걸 느끼
며 고개를 끄덕였다.

작가의 말

나의 우주를 침범하는 두려움들

예전부터 소설, 특히 청소년 소설을 꼭 써 보고 싶다는 생각을 가지고 있었습니다. 성장 과정에서 겪는 변화와 고민, 주류로 편입되어 가며 마주하는 두 세계의 충돌은 흥미롭기 때문입니다.

이 소설을 쓰면서 잠시 저의 유년 시절을 떠올렸습니다. 제게 10대 시절의 시간은 정말 천천히 흘러갔던 기억이 납니다. 저는 조바심이 나고 지루했습니다. 어서 빨리 어른이 되고 싶었습니다. 그러면 할 수 있는 일도 더 많고 내가 원하는 것도 분명해지고, 더 나은 인생을 살 것 같았습니다. 그리고 지루함을 견디지 못해 가출을 하기도 했습니다. 그런 다음엔 어른들의 세계에 미리 한 발을 들여놓을 수 있었습니다.

이 지면을 통해 자세히 이야기할 수 없지만 제가 느낀 건 어른이 빨리 되는 건 조금 두렵다는 생각을 가지게 되었습니다. 저는 그때의 기억이 강렬하게 남아서 성장이란 공포와 함께한다는 생각을 가지게 되었습니다. 앞으로 나간다는 건 항상 두려운 일입니다. 정글 속에는 뭐가 있을지 모르니까요. 하지만 분명한 건 우리는 이런 두려움을 이겨내야만 다음 단계의 문을 열 자격이 주어진다는 것입니다.

맛을 주제로 한 이 책에서 쓴맛을 이야기했습니다. 커피의 쓴맛이죠. 저도 사실은 30대까지 커피를 좋아하지 않았습니다. 하지만 어느 더운 여름날에 들이킨 아이스커피는 정말 너무나 맛있어서 그때야 제가 커피의 맛을 알게 되었구나! 생각했습니다. 가끔 인생에는 때가 되어야 제대로 보이는 것들이 있다고 생각합니다.

돌이켜보면 어설프고 낯선 10대 시절이었지만, 그 시절이 없었다면 지금의 나는 없었을 거라고 생각하니 새삼 고마움도 느껴집니다. 그러므로 생각보다 짧은 여러분의 청춘에 즐거운 추억을 남기기를 바랍니다. 아울러 이 글도 재미있게 읽히기를 빌어 봅니다.

강명수

：
문 부 일
：

제주공항 정류장에서 게스트하우스로 가는 버스를 기다리고 있었다. 돌하르방 앞에서 사진을 찍으며 호들갑을 떠는 관광객들의 웃음소리가 귀에 거슬렸다. 태어나서 처음으로 제주도에 왔는데 설레기는커녕 자꾸 한숨만 나왔다.

형은 흡연 구역에 쭈그려 앉아 담배를 피워 댔다. 머리는 덥수룩하고, 오랫동안 면도를 하지 않은 탓에 스물두 살이 아니라 마흔 살쯤으로 보였다. 얼굴도 너무 어두워서 귀양살이하러 제주에 끌려온 것 같았다.

며칠 전 새해가 밝았지만 우리 형제는 아직도 절망의 늪에서 벗어나지 못하고 있다.

제주도의 날씨마저 우리를 반기지 않았다. 햇빛 한 줌 찾기 힘들 만큼 하늘은 잿빛이고 바람은 차가워 목덜미와 귀가 얼얼했다. 진눈깨비까지 날려 완벽하게 을씨년스러운 날이었다.

"이제 장타에 자신 있어. 이번 우승은 내 차지니까 기대해!"

골프 가방을 어깨에 멘 아저씨들이 지나갔다. 장타라는 단어는 주식뿐만 아니라 골프에서도 쓰이나 보다.

형이 두 손으로 머리카락을 흐트러트리며 비명을 질러 댔다. 나도 하늘을 향해 고함을 지르고 싶었지만 참았다. 한 명이라도 정신을 차려야 여행을 무사하게 마칠 수 있을 테니까.

장타는 주식을 팔지 않고 오랫동안 투자하는 것을 말한다. 형 때문에 고등학교 일학년인 나도 장타, 단타, 매수, 매도, 옵션, 선물 등 주식에 대해 일찍 눈을 뜨고 말았다.

버스에 올라 빈자리에 앉았다. 형은 흐리멍덩한 눈빛으로 앞만 바라보았다.

학원에도 안 다니고 인터넷 동영상을 보며 공부해 당당하게 명문대에 입학한 나의 롤모델이 어쩌다 저 지경이 되었을까?

핸드폰 벨소리가 요란하게 울렸다. 엄마였다. 통화 거부 버튼을 누르고 문자로 무슨 일인지 물었다. 수련회에 잘 갔냐고 답문이 왔다. 산이라서 공기가 맑다고 답하면서 핸드폰 사용 금지라서 연락하지 못한다고 덧붙였다.

부모님은 우리가 제주도에 온 것을 모른다. 나는 동아리 수련회에 간다고 둘러댔고, 형은 영어 캠프에서 아르바이트를 한다고 거짓말했다. 충격적인 일을 겪은 형은 핸드폰을 길바닥에 던져 완전히 박살 내버렸다. 부모님에게는 공부에 집중하려고 전화기를 없앴다고 말했다.

형은 신경안정제를 커피와 마시려고 했다.

"죽으려고 제주도에 온 거야? 며칠째 불면증에 시달리고 있잖아."

창문을 열어 약을 길에 던져 버렸다. 그러자 형이 고함을 질러 댔다.

"무사 싸우맨?"

옆에 앉은 할머니가 말을 걸었지만 사투리라서 뜻을 알 수 없었다. 왜 싸우는지 묻고 있다고 어떤 아줌마가 통역해 주었다.

우리 형제의 슬픈 사연을 다 털어놓으려면 버스가 제주도를 몇 바퀴 돌아도 끝나지 않을 것이다.

대학교 금융 투자 동아리에서 활동한 형은 과외를 해서 번 돈, 오백만 원으로 주식을 시작했다. 투자한 회사 근처 식당에서 점심을 먹으며 직원들의 사소한 이야기까지 엿들었고, 철저하게 정보를 분석한 결과 몇 달 만에 세 배를 벌었다. 비트코인에 올인한 선배들이 형을 부러워했다.

"엄마 아빠처럼 식당이나 공사장에서 일해서는 절대로 부자가 될 수 없어. 너도 좋은 대학에 입학해야 하니까 내년에는 학원에 보내

줄게."

형이 십오만 원짜리 캐츠 운동화를 사 줬다. 태어나서 이렇게 비싼 선물은 처음이었다.

대박 소식을 들은 형의 여자 친구를 비롯해 사람들이 투자금을 빌려줬다. 나도 모아 두었던 오십만 원을 건넸다. 물론 부모님에게는 비밀로 했다.

"과감하게 베팅해야지. 개미들은 소심해서 가난을 벗어날 수 없어."

개미는 적은 돈을 투자하는 소시민을 뜻한다.

형이 투자한 공기청정기 회사의 주식이 미세먼지가 심해지면서 급등했고, 마침내 엄청난 수익이 났다. 투자의 귀재, 한국의 워런 버핏 선생님이었다. 기념으로 제주도로 가족 여행을 가자고 제안한 형은 바로 항공권과 게스트하우스를 예약했다. 역시 거침없는 추진력이었다. 부모님에게는 출발 직전에 알리기로 했다. 엄마 아빠는 주말, 휴가철에도 제대로 쉴 수가 없어서 지금까지 가족 여행을 가 본 적이 없었다.

한라산 중턱을 달리던 버스가 숙소 근처 정류장에 도착했다. 한 시간 남짓 걸렸다. 마을에서 벗어난 황량한 벌판 가운데라서 지나다니는 사람이 한 명도 없었다. 곳곳에 눈도 쌓여 있었다.

한참을 걸어서 펜션으로 향했다. 넓은 마당이 있는 2층짜리 건물이 보였다. 그 옆에는 '맨도롱 또똣' 고기국수 간판이 걸린 작은 가게도 있었다. 간판은 대충 만든 듯 조잡해 보였다. 고기국수라는 단어에서 누린내가 훅 풍기는 것 같았다.

주인으로 보이는 아줌마와 아저씨가 청소를 하고 있었다.

"두 사람만 왔어요? 식사 주문은 추가로 하지 않았죠?"

아저씨가 물었다. 챙이 넓은 모자를 써서 얼굴을 제대로 볼 수 없었다. 아줌마는 날씨와 어울리지 않게 선글라스까지 썼고, 미역 줄기 같은 긴 머리로 얼굴을 가렸다.

사정이 있어서 부모님은 오지 못했다고 말했다.

아저씨가 모자를 벗었다. 40대 중반 정도로 보였고, 탈모가 심각해서 모자로 가린 것 같았다.

"날씨가 안 좋고, 폭설 내리면 길이 통제되는 곳이라 손님이 두 사람뿐이야. 불조심해. 전기장판, 가스버너는 절대로 사용하지 말고!"

아저씨의 설명을 듣고 있는데 주차장으로 차가 들어왔다. 차에서 내린 할아버지가 국숫집으로 들어갔다. 아줌마가 가게로 달려갔다. 국숫집도 운영하는 것 같았다.

숙소에는 방 두 개와 넓은 거실, 부엌이 있었다. 부모님과 회를 먹고, 렌터카를 타고 해안 도로를 질주하는 모습이 그려져 입안에 쓴맛이 감돌았다. 지금 엄마는 식당에서 찬물로 설거지를 하고, 아빠는 공사 현장에서 칼바람을 맞으며 일하고 있을 텐데.

형은 침대에 눕더니 이불을 뒤집어썼다. 꼬르륵 소리가 났다. 우리 형제는 아침부터 아무것도 먹지 않았다. 마을에는 식당은커녕 편의점도 없었다. 자동차도 빌리지 않아서 먹을거리를 사러 나갈 수 없었다. 선택은 하나뿐이었다.

'맨도롱 또똣', 식당 이름이 특이해 검색해 보니 따스하다는 제주도 사투리였다.

국숫집에서는 할아버지 혼자 식사를 하고 있었다. 메뉴는 고기국수 달랑 하나였고 가격은 육천 원. 조미료를 안 쓰고, 제주도 흑돼지 뼈를 고아서 국물을 낸다고 자랑처럼 적어 놓았다. 뿌연 국물을 보니 속이 니글거렸지만 어쩔 수 없었다.

"국수가 맛있네. 제주 시내에서 장사하면 대박 날 것 같은게."

손님이 계산을 하면서 이쑤시개로 치아 사이에 낀 고춧가루를 뺐다.

"그냥 시골에서 조용히 살고 싶어요."

"젊은 나이에 게스트하우스와 식당까지 갖고 있으니까 성공해신게. 서울에서 내려 완?"

할아버지가 개인 정보에 대해 꼬치꼬치 물었다. 오지랖 넓은 사람은 어디에나 있었다.

아줌마가 말없이 조용히 주방으로 들어갔다. 수다스러운 할아버지가 헛기침을 하면서 밖으로 나갔다.

가게에 우리 형제만 남았다.

"웰컴! 제주도에 왔으면 고기국수를 맛봐야지."

아줌마가 김치 접시를 식탁에 내려놓았다. 잘 익은 김치는 짜지 않고 아삭거렸다. 엄마가 떠올랐다. 음식을 잘 만들어 '왕곡동 대장 금'이라고 불렀다. 특히 닭강정 만드는 솜씨는 엄마를 따라올 사람이 없었다.

아줌마는 라디오에서 흘러나오는 노래를 흥얼거렸다. 익숙한 멜로디였다. 스산한 날씨와도 잘 어울렸다. 쫄딱 망한 우리 형제를 위로하는 것 같았다. 노래 탓인지 형이 소주를 달라고 했다.

"부탁할 일이 있어서 술을 팔 수 없어. 대신 밤에 술과 안주를 줄게."

아줌마가 사이다를 내밀었다.

술을 안 마시고 맨 정신으로 버티기 힘든 형. 그 마음을 나는 잘 알고 있다.

형이 투자한 신생 기업의 주식이 폭락했다. 알고 보니 작전주였다. 신기술을 개발했다고 소문을 내서 주가가 올라가자 최대 주주들이 주식을 모조리 팔고 튀어 버렸다. 주식은 거래 정지가 돼 형 같은 개미들은 돈을 다 날렸다.

그즈음, 비트코인에 투자했다가 실패한 동아리 선배가 스스로 목숨을 끊었다는 소식이 들려왔다. 형도 극단적인 행동을 할 것 같아 불안할 때, 뜬금없이 비행기표 예약 문자가 왔다. 충격적인 사건 때문에 여행 계획을 잊고 있었다. 마음을 정리하러 제주도로 가자고 했더니 형이 고개를 끄덕였다. 부모님은 한가하게 여행을 다닐 운명이 아니었나 보다.

고기국수가 나왔다. 국물에서 뜨거운 김이 피어올랐고, 두툼한 고기 다섯 점이 들어 있었다. 서울에서 먹었던 국수와 다르게 면발이 굵고 탱탱해서 식감이 좋았다. 이런 면발은 처음이었다. 고기는 비계와 살코기의 비율이 적당했고 김치와 잘 어울려 젓가락을 내려놓을 수 없었다.

국물을 맛볼 차례였다. 누린내가 나지 않고 담백했다. 차가웠던 속이 금세 따스해졌다. 형도 국물과 국수를 더 달라고 해서 배를 채웠고, 방전되었던 사람이 충전된 것처럼 눈이 반짝거렸다.

국수를 다 먹었다. 아줌마가 기다렸다는 듯이 자동차 열쇠를 흔들었다.

"국수값은 안 받을 테니까 운전 좀 해 줄 수 있어? 식재료 배달을 못 온다고 해서 물건 사러 한림항에 가야 하는데 아저씨는 운전을 못 해. 나는 음주운전을 했고……"

암울한 인생들끼리 통했는지 형이 열쇠를 받아 쥐더니 낡은 트럭에 올랐다.

아저씨와 아줌마가 앞에 앉았다. 자리가 없었다. 숙소에 혼자 있기 싫어서 따라가겠다고 고집을 부렸다.

"나랑 뒤에 타자. 제주도의 시원한 바람을 맞으면 스트레스가 확 풀려!"

아저씨가 트럭 뒤로 자리를 옮겼다. 나는 옆에 앉아 점퍼의 지퍼를 끝까지 올리고 목도리를 둘렀다. 시동이 안 걸리던 트럭이 겨우 출발했다. 달리다가 똥차의 바퀴가 빠질 것 같아 걱정이 됐다.

차가 산길을 빠르게 달렸다. 사방이 어둑어둑해졌고 멀리서 짐승 울음소리가 들려왔다. 바람이 차가웠지만 든든하게 배를 채워서인지 춥지 않았다.

"왜 운전을 안 하세요?"

"예전에 건축 자재 대리점을 했는데, 새벽에 트럭을 몰고 배달을 가다가 빙판에 미끄러져서 죽을 뻔했어. 그 뒤로 운전대를 잡지 못해."

아저씨는 그 충격으로 일 년 동안 자동차를 타지도 못했다고 털어놓았다.

"아들 생각하면서 독하게 마음먹고 재활 훈련을 받아 그나마 이렇게 좋아진 거야."

아저씨가 핸드폰을 꺼내 아들 사진을 보여 줬다. 아저씨와 아줌마를 닮아 눈이 컸고 야무져 보였다. 엄마 아빠가 떠올랐지만 핸드폰에 저장된 사진을 차마 볼 수 없었다.

조금 지나자 짙은 파란색이 매력적인 바다가 보였다. 아저씨가 먼저 소리를 질러 댔다. 아무도 없는 산길이라 나도 힘껏 외쳤다. 그동안 쌓였던 스트레스가 바람을 타고 멀리 날아가는 것 같았다. 서울이었다면 경찰에 붙잡혔을 것이다.

똥차가 한림항 입구에 멈춰 섰다. 아줌마는 모자와 선글라스를 챙겼다. 선글라스 중독자였다. 누가 보면 아줌마는 연예인이고 아저씨는 매니저로 알 것 같다.

옅게 풍겨 오는 바다 비린내, 항구의 시끌벅적한 소리가 싫지 않았다. 출항을 준비하는 작은 배마다 불을 켜 놓았다. 따뜻한 불빛을 보니 집의 온기가 떠올랐다. 형도 차에서 내려 신선한 공기를 마셨다.

아줌마는 시장 입구 슈퍼에 들러 물건을 골랐다. 그 옆으로 통화를 하며 지나가던 사람이 실수로 아줌마의 어깨를 건드렸다. 아줌마가 갑자기 소리를 지르며 불안한 얼굴로 주변을 살폈다. 그 사람이 더 당황한 눈빛이었다.

아저씨가 약국에 가서 약을 사다가 아줌마에게 건넸다.

"이렇게 살다가는 심장마비로 죽을 것 같아. 빨리 펜션으로 가자."

물건을 대충 산 아줌마가 주차장으로 갔다. 생멸치, 고기, 배추를 트럭 짐칸에 싣고 있는데, 뭔가 이상했다. 눈여겨보니 조금 찌그러져 있었다. 분명 출발할 때는 멀쩡했다. 차에는 블랙박스가 없었다.

"경찰에 연락해서 주차장 CCTV를 확인해 봐요."

형이 선착장 쪽을 순찰하는 경찰을 부르려고 했다.

"신고할 필요 없어! 어차피 이놈의 똥차는 폐차시켜야 하니까. 얼른 가자!"

아줌마가 목에 핏대를 세웠다. 형이 마지못해 트럭에 올랐다. 나는 아저씨와 짐칸에 나란히 앉았다. 오는 동안 아저씨는 한마디도 하지 않았다.

펜션에 도착했다. 물건을 식당으로 가져갔다.

"아까 화내서 미안해. 요즘 갱년기인지 마음이 왔다 갔다 해. 운전하느라 고생했어."

아줌마가 형에게 소주와 라면, 김치찌개가 담긴 냄비를 내밀었다.

"이 운동화 좋아? 발이 편해? 얼마야?"

아줌마가 내 운동화를 살펴보았다.

"요즘 가장 인기 있는 캐츠 운동화인데 형이 선물로 사 줬어요. 인터넷으로 주문하면 더 싸게 살 수 있어요."

"우리 아들이 신고 싶어 하는 브랜드야. 생일 선물로 그 운동화를 사려는데, 사이트 좀 알려 줄래? 형제가 서로 챙겨 주니까 든든하겠네. 우리 아들도 형제가 있으면 좋았을 텐데."

숙소로 돌아온 형은 바닥에 쭈그려 앉아 술을 마셨다. 안주를 먹어야 덜 취할 것 같아 냄비를 인덕션에 올려놓고 전원 버튼을 눌렀다. 불판이 금세 빨갛게 달아올랐다. 친구네 집에서 사용해 본 적 있어서 익숙했다.

욕실에서 샤워를 하고 나왔다. 형이 책 위에 냄비를 올려놓고 찌개를 먹었다.

"넌 꼭 의대에 보내려고 했는데! 동생아, 미안하다. 같이 한잔하자!"

술에 취한 형이 또 횡설수설했다. 듣기 싫어 방에 들어와 침대에 누웠다.

대학에 진학한 뒤, 형은 우리 집이 엄청 가난하다는 것을 알게 되었다. 친구들의 부모 중에는 건물주, 중소기업 사장, 의사, 변호사가 많았고 친구들은 방학마다 외국으로 떠났다. 여권이 없는 사람은 형이 유일했다. 열심히 공부했지만 과외와 아르바이트를 하느라 성적이 떨어져 장학금을 놓친 형. 할 수 있는 일은 주식 투자밖에 없었다.

난방이 잘되는 방에 누웠더니 몸이 노곤하고 하품이 계속 나왔다.

어디에선가 비명이 들려와 눈을 떴다. 시계를 보니 한 시간 정도 잠을 잤다. 정신을 차리고 거실로 나갔다. 인덕션 뒤쪽 벽에 불이 붙었고 시커먼 연기가 피어올랐다. 매캐한 연기에 눈이 아팠다.

소화기 덕분에 금방 불길이 잡혔다. 한쪽 벽이 완전히 타 버리고, 인덕션은 망가져 버렸다. 형은 미친 사람처럼 웃더니, 라면을 끓이려고 봉지를 인덕션에 올려놓는 순간 불이 붙었다고 중얼거렸다. 인덕션 사용 방법을 몰라서 찌개 냄비를 내리고서 전원을 누르지 않았나 보다. 그사이에 계속해서 가열되고 있었을 것이다. 불운은 제주도까지 쫓아왔다.

잠시 뒤, 아저씨가 문을 두드리더니 들어왔다.

"경찰에 신고해 주세요. 감방에 가고 싶어요! 어차피 꼬인 인생 더이상 망칠 것도 없어요."

형이 히죽히죽 웃었다.

아저씨를 붙들고 밖으로 나와 우리 형제에게 닥친 불행을 이야기했다. 부모님과 함께 여행을 오려고 큰 방을 예약했다는 말에 아저씨의 눈빛이 흔들렸다.

"인덕션을 새로 설치하고 벽을 수리하려면 적어도 백만 원 이상 필요하지."

안으로 뛰어가서 돈을 가져왔다. 삼십만 원밖에 없었다.

"너희가 며칠 동안 과수원에서 감귤을 따면 돈을 벌 수 있어. 그렇게 해서 갚아!"

아저씨는 변상하겠다는 각서를 쓰고 지장을 찍으라고 했다. 뿐만 아니라 신분증과 핸드폰도 맡겼다.

2층으로 짐을 옮겼다. 침대 여러 개가 놓여 있는 비좁은 방이었다. 하지만 부엌이 없어서 마음이 놓였다. 술에 취한 형은 혼잣말을 하다가 곧 잠이 들었다.

잠이 오지 않아 밖으로 나갔다. 달빛이 환했다.

엄마 아빠도 달을 보고 있을까?

마침 국숫집에 불이 켜져 있었다. 문을 열고 들어갔다. 아줌마는 한가하게 음식을 만들고 있었다. 식탁에는 요리사 자격증이라고 적힌 책이 여러 권 쌓여 있었다.

"왜 형한테 김치찌개랑 술을 줬어요? 인덕션 고장 났고, 하마터면 불날 뻔했어요."

"사람이 다치거나 죽은 거 아니니까 호들갑 떨지 마. 살다 보면 그것보다 더한 일도 많아."

아줌마는 이어폰을 끼더니 핸드폰으로 동영상 강의를 들으며 고등어를 손질했다. 요리사 자격증을 따려고 새벽까지 공부하던 엄마가 생각났다.

"늦었어. 혼저 나와서 밥 먹으라!"

아저씨가 방문을 세게 두드렸다. 혼저는 빨리라는 사투리였다. 문을 '혼저' 열지 않으면 박살 낼 것 같았다. 손님에서 노비로 신세가 바뀌어 버렸다.

새벽 다섯 시 삼십 분이었다. 오랜만에 푹 잔 형은 얼굴에 생기가 돌았다.

점퍼를 입고 식당으로 내려갔다. 식탁에는 김이 피어오르는 밥, 돼지고기 볶음, 생선조림, 된장국이 있었다. 최후의 만찬 같았다.

"고등어조림 어때? 비린내를 잡으려고 나만의 방식으로 했어."

아줌마가 의자에 앉으며 하품을 했다. 한숨도 자지 않고 음식 공부를 한 것 같았다. 고등어조림을 맛보았다. 생선 비린내가 나지 않았고 큼지막하게 썬 무도 적당히 익어 식감이 좋았다.

어젯밤에 술을 마신 형은 국에 밥을 말아 조금 먹다가 수저를 내려놓았다.

"저녁에는 닭강정을 해 줄 테니 기대해! 어젯밤에 전문가한테 비법을 전수받았어."

아줌마의 목소리에 힘이 들어갔다.

"우리 엄마도 닭강정 잘 만들어요. 매콤하면서도 달지 않은 그 소스를 따라올 사람이 없죠."

형이 입맛을 다시며 닭강정을 안주 삼아 부모님과 함께 맥주를 마셨다고 자랑했다.

"우리 아들도 닭강정 좋아하는데, 해 줄 수가 없어."

아줌마 얼굴이 어두워졌다.

경운기 소리가 들려왔다. 사람들을 다 깨울 정도로 소리가 너무 컸다. 모닝콜이 필요 없는 마을이었다. 밖은 밤처럼 어두웠고 어제보다 더 바람이 차가웠다. 경운기에 타고 있는 할머니들은 두꺼운 점퍼를 입고 얼굴과 머리를 두툼한 목도리로 감싸서 눈동자만 보였다. 히말라야로 등반하러 가는 옷차림이었다.

형은 구석에서 담배를 피워 댔다.

"야, 이놈아! 돈이 썩엄시냐! 왜 몸에 좋지도 않은데 담배를 태워!"

할머니들은 학교 학생 부장보다 더 매섭게 눈을 흘겼다.

아저씨와 아줌마가 할머니들한테 인사를 했다.

"저 부부는 참 부지런해. 일도 잘 도와주고, 음식을 만들어서 나눠 주고."

할머니들이 칭찬하는 사이 경운기가 출발했다. 운전은 가장 젊은 할머니가 했다. 아스팔트를 달리던 경운기가 자갈이 깔린 길로 들어갔다. 승차감이 빵점이라서 허리와 엉덩이가 아파 비명이 나왔다. 할머니들은 흔들림에 몸을 맡긴 채 수다를 떨었다. 연륜의 힘일까?

과수원에 도착했다. 나무마다 노란 귤이 주렁주렁 열렸고 상큼한 향기가 풍겨 왔다.

눈빛이 매서운 할머니가 우리 형제에게 농사 특별 과외를 시작했다. 할머니들이 귤을 따서 상자에 담으면, 창고로 옮기는 것이 우리 몫이었다. 할머니들은 트로트 음악에 맞춰 국민 체조를 하고서는 바로 일을 했다.

그사이 옅은 잉크빛 어둠을 뚫고 눈부신 햇빛이 보였다. 쉬지 않고 움직이는 할머니들은 일하는 기계들이었다. 금방 상자에 귤이 가득 찼다.

상자를 들고 몇 걸음 걸었더니 팔이 빠질 것 같았고, 바닥에 돌멩이가 많아 걷기 힘들었다. 귤들이 나를 비웃는 것 같았다. 원수가 따로 없었다. 밥을 많이 먹지 않아 힘이 빠진 형은 결국 넘어졌다. 귤이 사방으로 굴러다녔다.

"중학생들도 상자를 척척 드는데 청년이 제대로 못 햄서! 일당 주지 말게!"

할머니들이 고함을 질렀다. 팔십 세라는 나이가 믿기지 않을 만큼 목소리에 힘이 넘쳤다. 락커가 될 자질이 충분했다.

할머니들의 감시를 피해 창고 안에 숨었다. 형이 커피믹스 두 봉지를 컵에 넣고 물을 부었다. 진한 커피를 마셨더니 몸이 뜨거워졌고 다시 힘이 생겼다. 부모님이 왜 커피믹스 중독자가 됐는지 알 것 같다.

"일은 힘들지만 아무 생각도 안 나서 좋아."

형의 목소리에서 힘이 느껴졌다.

커피를 마시고 나오려는데, 빨간 목도리를 두른 할머니가 창고로 들어와 물을 찾았다. 할머니 이마에 땀이 맺혔고, 입술이 파랬다.

"어디 편찮으세요?"

"아침에 밥을 급하게 먹어신디 체한 모양인게. 가슴이 답답헌데 좀 쉬면 좋아질 거야."

할머니가 물을 마시고는 바닥에 주저앉아 가슴을 두드렸다. 밖에서 일하라는 소리가 들려왔다. 할머니가 먼저 나가라고 손짓했다. 최소한의 휴식 시간도 보장이 안 되는, 노동법을 준수하지 않는 일터였다.

운반 로봇처럼 다시 감귤 상자를 날랐다. 팔이 빠질 것 같더니 조금 더 지나자 팔이 무감각해졌고 어깨가 쑤셨다. 공사장에서 돌아온 아빠가 왜 온몸에 파스를 붙이는지 알 것 같다.

온종일 일해도 일당은 고작 십만 원이었다. 이렇게 벌어서 언제

부자가 될까? 그래서 주식 투자가 필요한 것이다. 마침 개미 여러 마리가 발 옆으로 지나가고 있었다. 저렇게 걸어서 언제 목적지에 갈까? 발에 힘을 주고 짓밟아 버렸다.

"근데 성님 어디 간?"

사람들이 빨간 목도리 할머니를 찾았다. 아무리 둘러봐도 할머니가 보이지 않아 창고로 달려갔다. 할머니가 가슴을 움켜쥐고 바닥에 쓰러져 있었다. 형이 할머니의 전화로 119에 연락했지만 아무리 빨라도 이십 분 이상 걸린다고 했다. 읍내 소방파출소와 한참 떨어져 있고, 가장 빠른 길에 눈이 쌓여 속도를 낼 수 없었다.

형이 아저씨에게 전화했다.

"아줌마한테 트럭을 몰고 오라고 전해 주세요."

형은 다급한 상황에서도 차분했다. 아줌마는 시내에 갔다고 했다. 할머니의 숨소리가 점점 더 거칠어졌다. 형이 119와 통화했다. 구급차가 출발했다면서 응급 처치 방법을 알려 주었다. 다른 할머니들이 나무를 주워다가 불을 폈다.

잠시 뒤 자동차 소리가 들리는 것 같아 뛰어나갔다. 트럭이 창고 앞에 멈췄다. 운전자는 아저씨였다. 얼굴에 땀이 흥건했고, 손을 부들부들 떨었다. 과수원까지 자동차로 오 분 거리지만, 아저씨한테는 얼마나 멀고 험난한 길이었을까?

고맙다고 인사할 겨를도 없이 형이 트럭에 올라 운전대를 잡았다. 나는 할머니를 부축해서 차에 올랐다.

"나도 가야 마음이 놓일 것 같아. 짐칸에 탈 테니 어서 출발해! 급한 상황이니까 경찰도 봐 줄 거야."

아저씨가 숨을 몰아쉬며 트럭에 올라탔다.

트럭은 과수원을 빠져나와서 큰길을 달렸다. 할머니는 더 고통스러워했다. 응급 처치는 효과가 없었다. 119에 전화해서 상황을 전했다. 시내로 들어서면 차가 막혀 트럭으로는 병원에 빨리 갈 수 없다고 했다. 시내에 있는 소방파출소의 구급차로 옮겨 탈 수 있도록 연락해 주었다.

할머니의 얼굴빛이 점점 푸르스름해졌고 호흡이 가빠졌다. 그럴수록 핸들을 잡은 형의 손도 떨렸다. 그나마 아저씨가 있어서 마음이 놓였다.

시내로 접어들었다. 차가 너무 많아 꼼짝도 할 수 없었다. 소방파출소로 연락해 위치를 설명했더니 곧 도착한다고 말했다.

"할머니, 조금만 참으세요!"

또 몇 분이 흘렀다. 다행히도 구급차 소리가 들려왔고 자동차들이 길을 비켜 줬다.

구급차가 트럭 옆에 멈췄다. 할머니를 구급차에 태우고 나와 아저씨가 환자 보호자로 동행했다. 형은 트럭을 몰고 병원으로 오기로 했다.

"아저씨, 위급한 상황이라 이번에는 봐 드리지만, 다음부터는 절대 트럭 뒤에 타면 안 됩니다. 큰 사고가 날 수 있어요."

소방관이 말했다.

경광등을 울리며 구급차가 달렸다. 자동차들이 양보했고 곧 병원에 도착할 수 있었다. 소방대원과 간호사들이 할머니를 모시고 응급실로 들어갔다. 기다리던 의사가 진단을 했다.

"추운 겨울철, 연세가 있는 노인한테 나타나는 급성심근경색 같아요. 막힌 혈관을 뚫어 주는 시술만 하면 되는데, 발병 한 시간 내에 병원에 오지 못하면 목숨이 위험해요."

할머니는 바로 수술실로 들어갔다. 응급실로 들어온 형에게 상황을 이야기했더니 안도의 한숨을 쉬며 바닥에 주저앉았다. 정신을 차리고 주변을 둘러보았다. 환자들이 의사와 간호사를 애타게 찾았고, 그사이에 또 누군가 다쳐서 실려 왔다.

아저씨가 자판기에서 사 온 콜라를 건넸다.

"교통사고로 병원에 입원했던 때가 떠오르네."

콜라를 단숨에 마신 아저씨가 이야기를 시작했다.

트럭이 눈길에 미끄러져 크게 다쳐 병원에 실려 왔는데, 눈을 떠 보니 책가방을 멘 아들이 보였다고 한다. 평소에는 몰랐는데 그날따라 그 가방이 너무 낡아 보였단다. 빨리 건강을 회복해서 좋은 가방을 사 줘야겠다고 다짐하고 열심히 치료를 받은 아저씨. 그때가 떠오르는지 아저씨가 깊은 한숨을 내쉬었다.

"어떻게 해서 제주도에 오셨어요?"

형은 아저씨에게 궁금한 것이 많은 눈치였다.

"연속해서 안 좋은 일이 터져서 견디기 힘들었어."

아저씨는 병원비를 갚으려고 열심히 일했는데, 물건값을 주지 않고 도망친 건설업자가 여럿이라서 사업이 부도났다. 믿었던 사람들한테 배신을 당하니 살 의욕이 없었고, 초등학생 아들을 외할머니한테 맡기고 도망치듯 제주도로 온 것이다. 형이 아저씨의 손을 꼭 붙잡았다.

"제주에 왔는데 배가 너무 고파서 어느 국숫집에 갔지. 주인 할머니가 고기가 가득 든 곱빼기를 줬어. 그 맛을 잊지 못한 애 엄마가 펜션 주인을 설득해서 국수를 팔기 시작했지."

아저씨는 일이 있어서 외국에 간 주인을 대신해 펜션을 관리하고 있었다. 아줌마가 펜션 주인이라고 왜 거짓말을 했는지 알 것 같다. 나도 친구들에게 집안 사정을 사실대로 말하지 않을 때가 있다.

"생각해 보니 어젯밤에 불이 안 났으면, 저는 지금도 방에 틀어박혀 소주나 마시고 있었을 거예요."

형이 콜라를 마시며 시원하게 웃었다. 이렇게 환하게 웃는 형의 모습은 정말 오랜만이었다.

흰머리가 인상적인 아저씨가 다가왔다.

"어머니를 병원에 모셔다 주셔서 고마워요. 도와줄 일이 있으면 언제든 연락해요."

아저씨가 인사를 하고는 중환자실로 들어갔다. 과수원으로 돌아가야 할 시간이었다. 트럭을 타고 병원을 빠져나왔다.

"저녁에 반가운 손님이 올 거야!"

"누구요?"

형이 물었지만 아저씨는 웃기만 했다. 라디오에서 정오를 알렸다. 기다렸다는 듯이 누군가의 배에서 꼬르륵 소리가 났다. 할머니들이 준비한 점심을 먹기 위해 형이 속도를 냈다.

차가 경찰서 앞 횡단보도에 멈췄다. 제주도 거리에는 동남아에서 볼 수 있는 나무들이 많았다. 낯선 풍경에 감탄하며 창밖을 두리번 거리는데 낯익은 얼굴이 보였다. 아줌마였다.

검은 비닐봉지를 든 아줌마가 경찰서로 들어가다가 다시 나왔다. 선글라스도 끼지 않았다. 아저씨도 아줌마를 보았다.

"나 좀 내려 줘."

아저씨가 다급하게 소리를 질렀다. 형이 길가에 차를 세웠다. 트럭에서 내린 아저씨가 아줌마한테 달려갔다. 무슨 일인지 궁금했지만 차들이 경적을 울려 대 직진할 수밖에 없었다.

과수원에 도착했다. 할머니들이 창고에서 휴대용 가스레인지 여러 대를 놓고 국수를 끓이고 고기를 삶았다. 밥솥에서는 김이 끓어 올라 창고 안이 따뜻했다.

"이 청년들이 안 왔으면 큰일 날 뻔했주! 좋은 사람을 소개해 준 박씨도 고맙지."

할머니들이 번갈아 가며 칭찬해서 얼굴을 들 수 없었다. 고기국수가 나왔다. 어제도 먹었더니 손이 가지 않았다.

"밥 말아 먹으라! 일 허젠허믄 든든하게 먹어야주. 남기지 말고 다 먹으라."

할머니가 그릇에 밥을 가득 담아 줬다. 남기면 일당을 주지 않겠다고 협박할 것 같았다. 국밥은 설렁탕 같았다. 김치, 마늘장아찌를 곁들어 먹었다.

"예전에는 고기가 너무 귀핸, 마을 사람들이 돈을 조금씩 모아서 도야지 한 마리 추렴하면 온 마을 사람들이 나누고, 삶은 국물에 국수를 먹었주"

할머니는 돼지를 도야지라고 했다.

여러 사람들과 같이 먹는 고기국수는 어제와 다른 맛이었다.

식사를 마치고 일을 시작했다. 요령이 생겨 수레도 잘 끌어 귤을 떨어트리지 않았다. 형도 상자를 번쩍 들어 차곡차곡 쌓았다.

"두 형제가 이렇게 일을 잘하니까 부모는 얼마나 든든할까!"

반장 할머니가 칭찬을 했다. 형이 얼굴을 붉혔다.

오후 다섯 시가 지나자 해가 지기 시작하더니 바람이 차가워졌다. 과수원으로 큰 트럭이 들어와 귤을 싣고 떠났다. 드디어 일이 끝났다. 첫 알바였다. 태어나서 처음으로 돈을 벌었다. 할머니의 전화기를 빌려서 형과 과수원을 배경으로 사진을 찍었다. 엄마 아빠한테 자랑하고 싶었다.

펜션 1층에서는 인덕션을 뜯고 벽을 고치느라 부산스러웠다. 아저씨가 일을 거들었다.

2층으로 올라와서 샤워를 하고 식당에 갔다.

"오늘 장한 일 했다며? 내가 쓸데없이 시내에 가지 않았다면 운전했을 텐데."

아줌마가 저녁 식사를 준비하고 있었다.

"경찰서에는 왜 가셨어요?"

식탁에 앉아 과자를 먹었다.

"닭 사러 갔다가……."

아줌마는 닭을 손질했다. 저녁 메뉴는 닭강정이었다. 엄마의 솜씨가 떠올라 입안에 침이 고였다. 아저씨가 가게로 들어와 물을 마셨다.

"손님은 언제 와요?"

형이 물었다.

"낮에 바빠서 통화를 못 했어. 연락해 봐야겠네."

아저씨가 전화기를 들고 밖으로 나갔다.

텔레비전 뉴스에서 주식 소식이 들렸다. 형이 텔레비전을 꺼 버렸다. 식당 안이 고요해졌고, 칼질 소리만 경쾌하게 들려왔다. 큰길로 버스가 지나갔다. 어제 숙소로 올 때가 떠올랐다. 하루 사이에 참 많은 일이 있었다. 마침 자동차가 뿌연 먼지를 일으키며 주차장으로 들어왔다. 손님이 온 것 같아 밖으로 달려 나갔다. 아줌마는 버룻처럼 선글라스를 챙겼다.

자동차에서 덩치가 큰 남자 두 명이 내리더니 주변을 매섭게 살폈다. 처음 보는 사람이었다. 두 사람은 빠른 걸음으로 식당으로 향했다. 식사하러 온 손님 같지는 않았다.

머리를 짧게 자른 남자가 안을 살폈고, 아줌마와 눈이 마주쳤다.

"김선미 씨 되시죠? 경찰서에서 왔습니다. 사기 혐의로 지명 수배되었습니다. 지금부터 묵비권을 행사할 수 있고……."

경찰이 아줌마의 오른팔을 잡았다. 주머니에 들어 있는 은색 수갑이 차갑게 보였다.

"도망치지 않을 테니 수갑은 채우지 마세요. 아들 같은 청년들이 보고 있어요."

아줌마가 왼손으로 선글라스를 쓰레기통에 버렸다.

잠시 뒤, 아저씨가 가게 안으로 들어왔고 바로 상황을 파악했다.

"저를 잡아가요. 이 사람은 남편을 잘못 만나서 돈을 빌려 온 죄밖에 없어요."

아저씨가 바닥에 주저앉았다.

"늘 조마조마해서 하루도 편한 날이 없었죠. 청년들을 보니 아들 생각이 나서 오늘 자수하려고 경찰서에 갔는데 용기가 나지 않아서 돌아왔어요. 누군가 신고해 줘서 정말 고마워요. 저 형제들을 챙기는 부모님을 보니 아들한테 미안하고 제가 너무 부끄러웠어요."

아줌마가 물기 가득한 목소리로 혼잣말처럼 중얼거렸다.

"빚 갚으려고 돈을 한 푼도 안 쓰고 모았는데, 이 돈으로 변호사를 구할 수 있을까요?"

아저씨가 냉동실에서 흰 수건으로 싼 돈뭉치를 꺼냈다.

신용불량자라서 통장을 만들 수도 없어 월급을 냉동실에 숨겨 놓았다.

"부탁 하나 할게. 우리 아들한테 그 운동화를 사서 보내 줘. 신발 사이즈는 255야."

아줌마가 돈을 내 주머니에 넣으려는데 손이 떨려 바닥에 떨어졌다. 만 원짜리 지폐에 구정물이 묻었다.

"형사님, 식사할 시간은 주실 거죠? 가장 빨리 먹을 수 있는 게 고기국수밖에 없네요."

아줌마가 주방으로 들어가다 문턱에 걸려 넘어졌다. 경찰들은 눈짓을 주고받더니 앞문과 뒷문을 지켰다. 핸드폰이 울렸다. 댄스 음악 멜로디가 이 상황과 너무 안 어울렸다. 아저씨가 내 전화기를 내밀었다. 엄마였다.

"오늘 감귤은 잘 땄어? 일해 보니 어때?"

엄마 목소리를 들으니 코끝이 찡해 말이 잘 나오지 않았다.

어젯밤, 담임이 엄마에게 장학금 문제로 연락했고, 그렇게 우리 형제의 거짓말이 들통났다. 엄마가 나에게 전화했는데 아줌마가 대신 받아서, 형이 불을 낸 것부터 주식 투자에 실패한 이야기를 다 했다고 한다.

"세상 공부를 제대로 했다고 생각해라. 오늘 제주도에 가려고 했는데 식당 일이 바빠서 못 갔지만 곧 아빠랑 같이 갈게. 일하느라 고생했을 테니, 아줌마한테 맛있는 닭강정 만들어 주라고 부탁했어."

형에게 전화기를 건넸다.

"제주도에서 일하면서 번 돈으로 빌린 투자금을 다 갚을게요."

형이 통화를 끝냈다. 아줌마가 우리를 바라보다가 뒤돌아서서 눈가를 훔쳤다.

"교도소에서도 요리사 자격증 준비할 수 있죠? 형사님, 창문도 막아 주세요. 문을 열고 도망치고 싶은데 지금 참고 있어요."

아줌마가 씁쓸하게 웃었다.

식탁 구석에 놓인 요리사 자격증 책 위로 개미가 기어가고 있었다. 느렸지만 제 속도로 열심히 움직였다. 개미 앞에 놓인 큰 상자를 치우려다 그대로 두었다. 언젠가는 제 힘으로 넘어갈 수 있을 테니까.

"닭강정은 엄마한테 만들어 달라고 해. 언젠가는 나도 아들한테 맛있는 닭강정 만들어 줄 수 있겠지?"

아줌마의 질문에 아무도 대답하지 못했다. 부엌에서 고기국수 육수가 끓기 시작했다.

작가의 말

어린 시절, 제주도 한라산 중턱에 자리 잡은 고즈넉한 시골에서 자랐다. 그 덕분에 사투리를 또래들보다 잘한다. 퉁명스럽고 거칠게 느껴지는 사투리에서 '맨도롱 또똣'이라는 단어를 좋아한다. 부드러운 발음이 프랑스어처럼 들려 이국적이고, 그 낱말을 말할 때 입안에 온기가 느껴져 이 소설의 제목으로 가장 적합했다.

맛을 소재로 청탁을 받았다. 제주 대표 음식인 고기국수가 떠올랐다. 특별한 이유는 없다. 내가 좋아하기 때문이다. 진한 국물, 살코기와 비계의 비율이 적당한 돼지고기가 포만감을 주고 굵은 면발도 내 입맛에 딱 맞는다. 배추김치까지 맛있다면 금상첨화!

국수의 매력은 무엇일까? 평범함, 담백함, 그리고 특별함이 아닐까? 많은 사람들에게 주목받을 만큼 화려하지는 않지만, 하루하루 치열하게 살아가며 의미를 찾는 우리 삶과 많이 닮았다.

국수를 먹고 힘을 내서 오늘을 씩씩하게 버텨 내는 풍경을 소설에 담고 싶었다.

하지만 인생이 예상치 못한 방향으로 흘러가듯 이 글도 계획과 다르게 진행돼 당황스러웠다. 생각해 보니 내가 잘 모르는 인물이라 몰입하지 못한 탓이었다. 여러 번 수정하며 주인공들에게 집중하려고 했지만 쉽지 않았다. 앞으로는 좀 더 고민하고, 열심히 쓰라고 인물들이 나를 다독거리는 것 같았다.

문부일

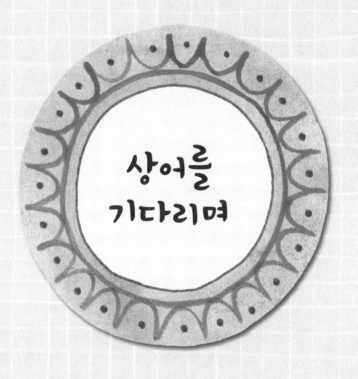

상어를
기다리며

:

박 영 란

:

　샘지 아줌마는 생선 장수인데 한 달에 두 번 마을에 찾아왔다. 샘지 아줌마가 이고 오는 커다란 양철 대야 안에는 자반고등어가 대부분이었지만, 계절이나 경우에 따라 갈치나 동태, 꾸덕꾸덕하게 말린 생선이 들어 있었다. 간혹 문어나 돔배기(돔발상어의 방언)가 들어 있을 때도 있었다.

　할머니는 샘지 아줌마한테서 자반고등어를 주로 샀다. 아줌마가 왔다 간 바로 다음 날 상에는 고등어가 들어간 우거지된장찌개가 올랐다. 우거지된장찌개에 들어갈 고등어는 소금을 털어 냈다. 하지만 두었다 먹을 자반고등어는 할머니가 다시 손을 봤다. 간이 밴 고등어들 사이에 왕소금을 더 끼워 넣고 항아리에 차곡차곡 담았다.

그렇게 보관해 뒀다가 구운 고등어는 눈알이나 아가미는 물론이고 등뼈까지 짭짤하고 고소했다.

우리 집은 샘지 아줌마가 가장 먼저 들렀다가, 가장 나중에 다시 오는 집이었다. 샘지 아줌마는 간혹 우리 집에서 하룻밤을 자고 가기도 했다.

샘지 아줌마가 우리 집에서 자고 가는 날은 폭설이 내리거나, 난데없는 비가 쏟아져 길을 나서기 곤란할 때도 있었지만, 때로는 시간이 늦었거나 할머니가 자고 가기를 권한다는 이유만으로 자고 가기도 했다.

우리 집에서 자는 날이면 샘지 아줌마는 할머니와 밤이 늦도록 이런저런 이야기를 나누었다. 샘지 아줌마는 여러 지역에 생선을 팔러 다녔으므로 보고 듣는 일들이 많았다. 할머니는 샘지 아줌마를 통해 세상 이야기를 들었다.

나는 할머니와 샘지 아줌마 곁에 엎드려 숙제를 하거나 책을 읽는 척하면서 이야기에 귀를 기울이곤 했다. 샘지 아줌마가 이야기에 열중할 때 그 얼굴이 나는 좋았다. 평평하던 광대뼈가 솟아오르고, 새까맣게 뒤덮인 기미 아래로 핏기가 번지고, 미간에 세로 주름이 여러 줄 잡히던 얼굴. 무뚝뚝하던 표정이 환하게 빛나는 아줌마 얼굴을 보는 시간을 나는 기다렸다.

그날은 샘지 아줌마가 오는 날이었다. 태풍이 오고 있으니 모두

서둘러 집으로 돌아가라고 선생님이 당부했다. 태풍 때문에 아줌마가 못 올 거라고 생각했다.

마을 입구에 있는 친구네 집 앞을 지날 때 마루에 걸터앉아 있는 두 사람이 보였다. 커다란 양철 대야를 사이에 두고 앉아 있는 두 사람은 샘지 아줌마와 친구 엄마였다. 나는 그길로 우리 집을 향해 뛰었다. 마당을 가로질러 곧장 부엌으로 뛰어들었다.

"샘지댁 왔어!"

한번 더 외쳤다.

"샘지댁 왔더라니까."

샘지 아줌마는 우리 집에 벌써 다녀간 모양이었다. 부엌에 간고등어 냄새가 났다. 고등어를 넣어 두는 항아리 입구를 천으로 덮고 고무줄로 돌려 묶어 둔 게 보였다. 그렇게 해 두지 않으면 밤에 쥐가 고등어를 꺼내 간다.

"자고 간대요?"

항아리를 보면서 내가 물었을 때 할머니와 일해 주러 와 있던 이웃 아주머니가 웃었다.

샘지 아줌마가 동네를 다 돌기 전에 이서 태풍이 몰아치기를 바랐다. 오후가 깊어지자 바람 세기가 달라지고 빗방울도 억세졌다. 하지만 그 정도로는 안심이 되지 않았다. 언젠가 샘지 아줌마는 억수 같은 비가 퍼붓는데도 돌아간 적이 있었다. 샘지 아줌마가 돌아갈 엄두를 내지 못하도록 바람이 더 거세지고 비가 쏟아져야 했다.

나는 사랑방에 엎드려 숙제를 하고 있었지만 신경은 온통 밖을 향했다. 이윽고 샘지 아줌마가 우리 집 안마당에 들어서는 기척이 났다. 아줌마가 부엌 쪽으로 뛰다시피 걸었다. 이윽고 양철 대야가 어딘가에 부딪히는 요란한 소리와 동시에 우리 할머니를 부르는 소리가 들렸다.

"아지매!"

그날 저녁에는 상이 세 개 차려졌다. 평소에는 할아버지와 할머니, 나. 이렇게 셋이 앉는 상과 일하는 아저씨 상을 차렸지만 그날은 할아버지 상도 따로 차렸다. 상마다 구운 고등어가 놓였다.

밤이 깊어 갈수록 비바람이 점점 드세졌다. 내가 태어나기 전 어느 해 우리 동네도 홍수를 겪은 적이 있다고 할머니가 이야기했다.

그때 비가 얼마나 무진장 내렸던지 개울이 넘쳐 집 마당까지 황톳물이 밀려 들어왔다고 했다. 우리 집은 개울 근처라 기단을 높이 쌓아 올리고 그 위에 세웠는데 물이 기단층 절반 높이까지 넘실댔다고 했다. 그때 부엌에는 물이 들이닥쳤는데 그 물을 퍼내느라 한동안 부엌을 쓰지 못했을 정도라고 했다. 그 후에 부엌 문턱을 더 높이고 사방 벽을 흙으로 다시 돌려 막았다고 했다.

샘지 아줌마는 물난리를 겪은 다른 마을 이야기를 해 주었다. 다른 지역 어느 마을에서는 큰비가 온 뒤에 산사태가 나서 산 아래 집들이 크고 작은 피해를 봤는데, 한 집만 거의 피해를 입지 않았다고 했다. 그 집 뒤에 아주 큰 감나무가 세 그루 있었는데, 그 감나무가 산에서 밀려 내려오는 흙덩이를 막아 주었다고 했다. 그 감나무는 아주 오래전 그 집에 살던 사람이 심은 건데, 옛날 사람이 지금 사람을 지켜 준 거라고 했다.

샘지 아줌마는 또 다른 마을 이야기도 했다. 아주 오래전 어떤 마을에서 폭풍우를 틈타 저수지에 살던 용이 하늘로 올라가는 걸 본 사람이 있었다고 했다. 용을 직접 봤다는 사람은 죽었지만, 용이 올랐다는 저수지는 아직 있다고 했다. 샘지 아줌마는 용이 올랐다는 저수지를 구경하러 간 적이 있었는데, 막상 가서 본 저수지는 큰 웅덩이에 불과하더라고 했다.

웅덩이에 어떻게 용이 살고 있었냐고 내가 묻자 아줌마가 이렇게 답했다.

"물속은 봐선 모르지. 보기엔 소에 불과해도 깊이가 한정 없을 수 있으니."

"얼마나 깊어서요?"

"하도 깊어서 다른 세상으로 통할 수도 있는 모양이지."

"물속에 들어가 본 사람이 있대요?"

내가 물었을 때 샘지 아줌마는 잠시 입을 닫고 숨을 내쉬었다. 그러고 나서는 세상천지에 혼자만 아는 비밀 이야기라도 들려주듯이 이렇게 말했다.

용을 본 사람이 그 웅덩이 속에 들어가 봤다는 것이었다. 그런데 웅덩이 속에는 새끼 용들이 살고 있더라는 것이었다. 새끼 용들이 정확히 몇 마리인지는 세어 보지 못했지만 새끼 용을 본 후 그 사람은 저수지를 지키면서 평생을 보냈다고 했다. 용은 사람과 달라서 수백 년이 지나야 어른이 되는데, 새끼 용이 무사히 자랄 때까지 지켜 줄 생각으로 돈이 생기는 족족 저수지 인근의 땅을 사들이기까지 했다는 것이었다. 그 사람이 늙어서 죽기 직전에 외동딸한테 평생 혼자 간직하고 있던 비밀을 알리고 용이 살고 있는 저수지를 부탁했다. 그 딸도 일생 동안 저수지를 지키다가 늙어서 죽기 직전에 아들한테 집안의 비밀을 알렸다. 그 아들은 어머니의 말을 확인하려고 어느 해 웅덩이 물을 몽땅 퍼냈다. 마을 사람들이 달려들어 저수지 바닥에서 물구렁이며 메기며 자라, 오색붕어까지 건졌는데 용은 없었다고 한다. 밤이 되자 아들은 벙어리 딸을 데리고 저수지에 다시 나갔다. 딸은 둑에 세워 두고 혼자 저수지 밑바닥으로 내려가 살피다가 이상한 구멍을 발견했는데, 그 안에 팔을 들이민 순간 미끄러지듯이 구멍 안으로 빠져 들어갔다고 했다. 그 후 아들을 본 사람은 아무도 없었다. 마을 사람들은 그가 저수지 바닥의 늪에 빨려 들어가 죽었다고 여겼다. 비가 와서 저수지 물은 다시 채워졌지만 그는 돌아오지 않았다. 지금은 그의 딸이 저수지를 지키고 있다고 했다.

내가 물었다.

"저수지를 왜 지켜요?"

"저수지를 지키는 게 아니라, 기다리는 거겠지."

"아버지를요?"

"아니."

"그럼 용을요?"

"아니."

샘지 아줌마는 작게 한숨을 쉬었다. 내가 아줌마를 답답하게 한 거라고 생각했다. 그래도 용 이야기는 듣고 싶었다. 하지만 아줌마는 용 이야기는 더 이상 하지 않았다. 대신 아줌마 어린 시절 이야기를 꺼냈다.

*

샘지 아줌마의 아버지와 어머니는 어부였다고 한다. 마을 사람들은 아줌마 아버지를 '자야 아배', 어머니를 '자야 어매'라고 불렀는데, '자야'가 바로 아줌마였다.

어느 해 여름에 자야 아버지는 이상하게 생긴 물고기 한 마리를 집에 들고 왔다. 누군가 어망에 걸린 상어를 건졌는데, 상어가 새끼를 낳더라고 했다. 여러 마리의 새끼를 낳았고, 어떤 새끼는 바다 속으로 미끄러져 들어가고 또 어떤 새끼들은 사람들이 가져갔는데 자야 아버지도 그중 한 마리를 가져온 것이었다. 자야 아버지는 다가올 제사상에 올릴 생각으로 집에 가져온 거였다.

제사상에 올리려면 새끼 상어를 잡아 소금에 절여 둬야 했다. 하지만 제삿날은 아직 멀었으므로 입구가 넓은 항아리에 바닷물을 채우고 그 속에 상어를 넣어 두었다.

자야가 항아리에 갇힌 상어를 돌보았다. 등에 지느러미가 돋아 있고, 코는 뾰족하고 입은 가로로 길게 찢어진 상어는 새끼라고 해도 명태보다 컸다. 상어는 아주 가끔 꼬리를 좌우로 흔들 뿐 거의 움직이지 않았다. 물속에 가만히 떠 있는 상어를 자야가 살짝 건드리자 상어는 꼬리를 좌우로 힘껏 요동쳤다. 그 힘찬 모습에 자야는 자신도 모르게 옹기에 바닷물을 더 채워 넣었다. 그리고 자잘한 물고기들을 얻어 와 상어를 먹였다. 새끼 상어는 자야가 넣어 주는 작은 물고기들을 받아먹으면서 조금씩 자랐다.

항아리가 좁다고 느낀 자야는 새끼 상어를 커다란 독에 옮겨 주었다. 어른이 들어가 앉아도 될 만큼 커다란 독은 부엌문 밖에 있는데 밤이면 무거운 나무 뚜껑을 덮어 두었다가 낮에는 뚜껑을 열어 두었다. 여러 날이 지나면서 새끼 상어는 제법 자랐다.

한동안 새끼 상어를 돌보다 보니 자야는 새끼 상어의 생각을 눈치챌 수 있었다. 까맣고 동그란 눈과 피부색을 보면서 새끼 상어가 뭘 필요로 하는 건지, 어떤 기분인지 알 수 있었다. 새끼 상어는 바닷물을 새로 갈아 줄 때 좋아했다. 칙칙하던 피부가 새 바닷물 속에서는 환하게 빛났다. 새끼 상어가 튀어오를 듯이 꼬리를 힘껏 칠 때, 좁은 항아리 속에서 빙글빙글 돌 때, 등지느러미 조각만 물 위에 내놓고 죽은 듯 가만히 있을 때, 어떤 마음인지 자야는 알아가기 시작했다.

자야는 중학교에 진학하지 않았다. 자야한테는 오빠가 셋 있었다. 자야까지 중학교에 보낼 만큼 집안 사정이 넉넉하지 않았다. 막내 오빠는 자야와 쌍둥이였는데, 중학교에서 배워 온 걸 자야한테 가르쳐 주었다. 공책도 나누어 주고, 연필도 나누어 주고, 학교에서 있었던 일들을 이야기해 주었다. 자야는 오빠들이 학교에 있는 동안 혼자 집에서 책을 읽었다.

새끼 상어가 온 후부터 자야는 상어가 있는 항아리 곁에서 책을 읽었다. 새끼 상어가 자야가 책 읽는 소리를 듣는다고 생각했다. 자야가 책을 읽는 동안 상어는 꼼짝하지 않고 귀를 기울였던 것이다. 처음에 자야는 쌍둥이 오빠의 교과서를 읽었다. 쌍둥이 오빠의 교과서를 다 읽고 나자 둘째 오빠의 책을 읽었다. 둘째 오빠의 책을 다 읽고 나자 큰오빠의 책을 읽었다.

자야 부모는 세 아들보다 자야가 공부하는 것을 더 좋아한다는 것을 알았다. 하지만 자야까지 중학교에 보낼 사정은 도저히 아니었다. 자야가 여자아이 때문이기도 하지만, 자야가 가장 늦게 태어났기 때문에 양보해야 한다는 생각이 더 컸다.

자야 아버지는 술에 취한 것처럼 코가 빨갛게 부어 있었는데, 늘 붉던 코가 살색이 될 때면, 큰오빠가 고등학교를 졸업하면 중학교에 보내 주겠다고 자야한테 말했다. 하지만 자야는 알고 있었다. 큰오빠가 고등학교를 졸업하고 대학에 간다면 쌍둥이 오빠도 중학교를 쉬어야 할지 몰랐다.

자야처럼 중학교에 가지 않은 친구들이 더러 있었지만, 그런 친구들은 대부분 도시로 나갔다. 자야는 혼자서 시간을 보내야 했다. 그런 시간을 자야는 싫어하지 않았다. 자야는 자신이 살고 있는 포구 마을을 좋아했다. 포구의 구석구석을 샅샅이 알고 있었다.

경사진 언덕길을 넘어서면 이어지는 솔숲과 솔숲 건너 내려다보이는 다른 마을, 돌로 쌓아 올린 포구의 제방과 제방에 인접한 집들, 콜타르 입힌 나무로 외관을 두른 집과 그 건물에 사는 사람들, 파도가 심한 날이면 제방을 넘어 들이닥치던 바닷물, 태풍이 올 조짐이 있는 날 포구에 정박되어 일렁이는 크고 작은 배들, 배들 틈에 끼여 있는 자야네 배 한 척. 자야네 식구를 먹여 살리고, 솔숲 너머 밭을 사게 해 준 소중한 자야네 배. 골목마다 널려 말리는 그물들, 그물을 손질하는 늙고 강인한 사람들. 밑에 구멍이 뚫린 소금 독들, 해초들, 상한 물고기 냄새, 상해 가는 물고기 냄새, 집집마다 말리는 꾸덕한 건어물 냄새. 거인처럼 일어서는 바다, 천천히 몸을 낮추는 바다, 그 거대한 덩어리. 그 모든 것을 자야는 눈에 담았다.

밤이면 자야는 새끼 상어가 있는 항아리 입구를 나무 뚜껑으로 막았다. 그리고 나무 뚜껑 위에는 건드리기만 해도 굴러 떨어져 요란한 소리가 나도록 찌그러진 양은 주전자를 올려 두었다. 누구라도 자야 몰래 상어 새끼를 볼 수도 만질 수도 없도록. 쥐나 족제비가 새끼 상어를 물어 가려는 기미를 가장 먼저 알아챌 수 있도록. 자야는 쥐나 족제비가 물고기를 어떻게 건져 가는지 알고 있었다. 쥐들이 서로 협동해 양동이에 넣어 둔 도미를 건져 간 적이 있었다. 족제비나 고양이는 나무 뚜껑을 밀고 독 안에 넣어 둔 문어를 낚아채 간 적도 있었다.

자야는 방에 누워 밖에서 나는 소리에 귀를 기울였다. 먼 바다의 파도 소리와 가까운 바다의 파도 소리가 끊임 없었다. 포구 마을의 모든 소리는 파도 소리와 함께했다. 담을 넘는 바람, 골목을 지나가는 누군가의 발걸음, 먼 집의 자명종 소리, 난데없는 호루라기 소리, 아기 울음, 고양이나 족제비, 쥐들이 찍찍대는 소리가 파도 소리에 실려 다녔다.

새끼 상어가 들어 있는 항아리 주변엔 밤이면 온갖 동물이 기웃거렸다. 어떤 고양이는 투덜거리고 어떤 족제비는 신경질을 부렸다. 그래 봤자 두툼한 나무 뚜껑을 열지는 못할 것이다.

와장창, 땡강, 땡그렁!

자야는 벌떡 일어나 밖으로 뛰어나갔다. 양은 주전자는 바닥에 나뒹굴고, 고양인지 족제빈지는 벌써 집 모퉁이를 돌아 나가고 있었다.

자야는 양은 주전자를 주워 다시 나무 뚜껑 위에 올렸다. 독 안에서 새끼 상어가 움직이고 있었다. 상어가 꼬리로 물을 튀기는 소리가 났다. 자야는 양은 주전자를 바닥에 내려놓고 나무 뚜껑을 반쯤 열었다. 상어가 첨벙 꼬리를 휘둘렀다. 자야는 상어를 내려다보았다. 상어는 낮에 봤을 때보다 덩치가 커 보였다. 그사이 자라 있었다.

자야는 항아리 뚜껑을 마저 벗겨 벽에 기대 세워 두고 상어를 보았다. 상어가 까맣고 동그란 눈을 굴렸다. 그러곤 꼬리를 힘차게 휘저었다. 물이 튀어 올랐다. 어스름한 달빛이 반쯤 비친 물속에서 상어는 꼬리를 휘저으면서 독의 가장자리를 따라 나아갔다. 독 안에서 쉬지 않고 앞으로 나아갔다.

새끼 상어가 그처럼 쉬지 않고 헤엄치면서 둥근 원을 그리는 건 처음이었다. 자야는 달빛에 드러났다가 다시 그림자 속으로 사라지기를 반복하는 상어를 보고 있다가 문득 알아차렸다. 새끼 상어가 무슨 말을 하고 있는지 알아들었던 것이다.

자야는 다시 뚜껑을 덮고 방으로 돌아와 누웠다. 새벽까지 이런저런 생각으로 잠들지 못하고 뒤척였다.

고요하던 바다가 술렁거리고 있었다. 포구에서 솔숲까지 길게 이어진 언덕길을 바람이 사납게 그어 대며 지나갔다. 태풍이 오고 있었다. 바다로 나갔던 배들은 서둘러 돌아오고 나가야 할 배들은 포구에 묶였다.

오후에 접어들자 세찬 비가 쏟아졌다. 온 마을 집집마다 이런저런 단속을 하느라 분주했다. 자야네 집도 마찬가지였다. 문들을 걸어 잠그고, 널어 말리던 건어물들이 집 안을 온통 차지했다. 건어물이 들어찬 집 안은 꿉꿉한 생선 냄새로 가득 찼다.

자야 어머니는 새끼 상어가 들어 있는 독 뚜껑 위에 커다란 돌을 올려 두었다. 웬만한 바람으로는 뚜껑을 벗길 수 없을 만큼 큰 돌이었다.

밤이 되면서 태풍이 거세지고 있었다. 암흑처럼 어두운 밤에 바다가 쿨렁거리면서 몰려오고 있었다. 바람이 포구를 들쑤셨다. 바닥이 천장이 되고 천장이 다른 지역의 바닥으로 내동댕이쳐졌다. 비와 바람과 파도가 뒤섞여 요동쳤다.

꽹과리 소리가 골목을 지나갔다. 마을의 어른이 피신하라는 신호를 보내고 있는 거였다. 자야 아버지와 오빠들은 중요한 물건들을 둘러멨다. 자야 어머니와 쌍둥이 오빠와 자야는 뒷문으로 빠져나갔다. 마을 사람들이 솔숲 언덕으로 올라가고 있었다. 다른 사람들은 벌써 솔숲을 넘어가고 있었다.

부엌 뒷문으로 나갔던 자야는 다시 부엌으로 뛰어 들어갔다. 어머니와 오빠들이 자야를 불렀다. 쌍둥이 오빠가 자야를 잡으러 따라 들어왔다.

자야는 부엌 앞문을 열어 젖혔다. 그리고 새끼 상어가 들어 있는 항아리 앞으로 갔다. 뚜껑 위에 올려진 돌덩이를 밀어 떨어트리려

했다. 쌍둥이 오빠가 자야를 도와주었다. 돌덩이가 바닥으로 떨어지자 쌍둥이 오빠가 자야를 끌어당기면서 가자고 소리쳤다. 자야는 나무 뚜껑을 열어 젖혔다. 나무 뚜껑이 굴러 떨어졌다. 쌍둥이 오빠가 자야를 끌어당겼다.

"상어는 못 데려간다."

"알아."

자야가 답했다.

"그만 가자."

쌍둥이 오빠가 재촉했다. 자야 아버지가 부엌문까지 따라 나와 고함쳤다. 자야는 쌍둥이 오빠에 이끌려 부엌으로 뛰어들었다. 아버지를 따라 뒷문으로 빠져나가야 했다. 자야는 쌍둥이 오빠 손을 뿌리치고 다시 부엌 앞문으로 뛰어나왔다. 그리고 굴러 떨어져 있던 돌덩이를 들어 올렸다. 무슨 힘으로 돌덩이를 들어 안았는지 알수 없었다. 끌어안은 돌로 자야는 항아리를 힘껏 내리쳤다. 항아리가 풀썩 주저앉는 것처럼 깨졌다.

"자야."

쌍둥이 오빠가 자야를 끌어당겼다.

"가자."

자야와 쌍둥이 오빠는 부엌 뒷문을 빠져나와 언덕을 향해 뛰었다. 파도가 몰려오는 소리가 들렸다. 파도가 발뒤꿈치를 잡으려고 달려드는 것만 같았다.

속도가 빠른 태풍이었다. 새벽이 오기 전에 벌써 바람이 잦아들었다.

솔숲 너머 학교에 숨어 있던 사람들이 마을로 내려가기 시작했다. 사람들은 제각기 집을 향해 흩어졌다. 자야네 식구도 언덕을 달려 내려와 집을 향해 뛰었다.

자야는 마당을 향해 활짝 열어 젖혀진 부엌문 밖으로 나왔다. 바다에 인접한 자야네 마당에는 파도에 떠밀려 온 해초와 잡풀들이 엉켜 있었다. 깨진 항아리 주변에 새끼 상어는 없었다. 자야는 멀리서 온 파도가 새끼 상어를 데려갔다고 생각했다.

거셌던 바람에 비해 피해는 적은 태풍이었다. 부서진 집도, 주저 앉은 집도 없었다. 담벼락 몇 군데가 무너지고 바다 쓰레기가 무수히 올라와 마을 곳곳에 처박힌 게 전부였다. 바다가 속속들이 깨끗해졌을 거라고 자야 아버지가 말했다.

자야는 새끼 상어를 조상님이 구해 준 거라고 쌍둥이 오빠한테만 알려 주었다. 쌍둥이 오빠는 믿지 않는 눈치였다. 하지만 자야는 믿었다. 자야는 새끼 상어를 구해 달라고 조상님께 기도했었다. 그리고 제삿날이 오기 전에 새끼 상어를 바다에 놓아줄 기회를 찾고 있었다. 그런데 자야가 손을 쓰기 전에 조상님이 먼저 힘을 쓴 거라고 생각했다.

조상님이 자야 기도를 들어주려면 사건이 필요했는데, 태풍이 몰려와 사건을 만들어 준 거라고 생각했다.

　태풍의 흔적도 지워지고 제삿날도 지난 어느 날 자야는 바닷가에
섰다. 매일 보는 바다는 땅이나 마찬가지였다. 포구 사람들한테 바
다는 살아 있는 땅이었다. 살아 일렁거리는 물 덩어리. 새끼 상어는
그 대양 속으로 헤엄쳐 들어갔을 것이다.

　해가 바뀌고, 어느 맑은 날 오후에 자야는 보았다. 바다 표면을 가
르며 맴도는 뾰족한 등지느러미. 상어였다. 상어는 물 위를 돌다가
멀어져 갔다. 자야는 새끼 상어가 틀림없다고 생각했다. 바다로 돌
아간 상어가 자야를 보러 왔던 거라고 생각했다.

*

　"그래서요? 상어를 또 만났어요?"

　내가 물었다.

　"아니."

　"한 번도요?"

　샘지 아줌마는 상어를 만났던 자리에 틈이 나면 나가서 기다렸다
고 했다. 하지만 그 후 상어를 다시 만난 적은 없다고 했다.

　몇 년 후 샘지 아줌마는 결혼해서 포구 마을을 떠났다. 떠난 후
몇 년간은 포구 마을에 가지 못했다고 했다.

　아줌마는 결혼해서 바닷가가 아닌 내륙 지역에서 살았다. 아줌마

남편은 시장에서 상점을 운영하던 사람이었는데 아줌마가 셋째를 낳은 해 겨울에 사망했다. 그 후에 상점은 아줌마 남편의 형이 맡아서 하다가 팔게 되었다고 했다. 아줌마한테는 아이가 셋 있었다. 어떤 일이든 아줌마가 직접 돈을 벌어야 했다. 이런저런 일을 하다가 쌍둥이 오빠가 권한 생선 파는 일을 하게 되었다고 했다.

아줌마의 쌍둥이 오빠는 바다에서 잡힌 생선을 내륙으로 내다 파는 일을 벌였다. 말린 생선이나, 소금에 절인 생선을 산간 지역에 팔려면 많은 중간 상인이 필요했다. 아줌마는 쌍둥이 오빠와 거래하는 중간 상인들 중 한 사람이었다. 일은 고되고 험했지만 그 일을 해서 세 아이를 키우고, 큰아들이 서울에 있는 대학에 들어갈 무렵에는 집도 샀다고 했다.

쌍둥이 오빠와 같이 일하면서부터 아줌마는 포구 마을에 자주 간다고 했다.

"그런데 상어를 못 봤어요?"

"못 봤어."

"왜요?"

"바닷가에 안 나가니까."

"왜 바다에 안 나가요?"

내가 조르듯이 물었다.

아줌마가 어릴 때 살던 집은 이제 없다고 했다. 그 집은 마당에서 바다가 훤히 보이도록 바다에 인접해 있었는데, 어느 해 태풍에 집

안까지 바닷물이 들이쳐 집이 엉망이 되었다고 했다. 아줌마네 집
뿐 아니라 바다에 인접해 있던 다른 집들도 마찬가지였다고 했다.
그 후에 집 앞에 방파제가 새로 놓이고 방파제 주위의 집들은 모두
허물어 버렸다고 했다.

샘지 아줌마 부모님도 돌아가시고, 큰오빠와 둘째 오빠는 도시에
나가 살고, 쌍둥이 오빠만 포구 마을에 살고 있다고 했다. 쌍둥이
오빠가 사는 집은 아무리 센 태풍이 몰려와도 바닷물이 들이닥치
지 못할 언덕 중턱에 있다고 했다. 집 바로 뒤가 솔숲이라고 했다.

"그럼 이제 상어는 안 기다려요?"

내가 되묻자 할머니가 몸을 뒤척이면서 말했다.

"고만하고 자거라."

나는 할머니와 샘지 아줌마 사이에 누워 바람 소리와 빗소리를
들었다. 밖에서는 태풍이 요동치고 있었지만 나는 깊은 잠에 빠져
들었던 것 같다.

아침에 눈을 뜨자마자 나는 방문을 열고 밖으로 뛰어나갔다. 아
직 비가 흩뿌리고 있었지만 바람은 잦아들어 있었다. 태풍이 물러
간 모양이었다. 하지만 태풍은 곱게 물러가지 않았다. 세상은 온통
헝클어지고 개울물이 둑 위로 넘쳐 날듯이 쿨렁거리고 있었다. 황토
색 개울물에 온갖 것들이 떠내려오고 있었다.

다행히 우리 집 마당까지 물이 들이치지는 않았지만, 시뻘건 흙탕

물 덩어리가 몰려 내려가는 개울을 보니 학교에는 못 갈 것 같았다.

아침상에는 간고등어가 들어간 된장국이 올랐다. 김이 오르는 밥 위에 할아버지가 고등어 살을 올려 주었다. 된장 맛이 밴 고등어 살은 쫄깃하고 고소했다.

아침상을 물리고 나서 샘지 아줌마는 길을 나섰다. 큰물이 넘쳐 위험하니 더 있다가 나서라고 할머니가 말렸지만 아줌마는 극구 길을 나섰다.

아줌마가 길을 나선 후 나도 학교에 갔다. 윗마을에서 아이들이 내려가는 것이 보였다. 만일 아이들이 마을 밖에 나섰다가 다시 돌아오면 물이 다리 위까지 넘쳤다는 말이었다. 물이 다리 위까지 넘치면 학교에 갈 수 없었다. 그런데 다시 돌아오는 아이들이 없는 것으로 봐서 물이 다리 위까지 넘치지는 않은 것이었다.

샘지 아줌마가 한번 다녀가면 며칠 간 고등어 반찬을 맛볼 수 있었다. 그러고 나면 샘지 아줌마가 다시 올 때까지 한동안은 먹을 수 없었다.

샘지 아줌마는 날짜가 되면 어김없이 왔고, 그럴 때마다 할머니는 자반고등어를 샀다. 때때로 작은 게를 사기도 했다. 작은 게는 매콤한 고추장 양념에 조렸다. 할머니는 틀니 때문에 게 반찬을 먹지 못했지만, 계절이 되면 한 번씩 해 주었다. 할머니와 할아버지를 뺀 다른 사람들은 모두 게 반찬이 오른 상을 보면 기뻐했다.

제삿날이 다가오면 할머니는 돔배기를 주문했다. 샘지 아줌마가 이고 온 돔배기는 어김없이 제사상에 올랐다. 제사상에 올랐던 돔배기를 나는 먹지 않았다. 할머니는 돔배기 속맛을 알아야 어른이 되는 거라고 했다. 어린 시절의 나는 돔배기 속맛을 알고 싶지 않았다.

*

태풍이 오던 날 이후에 샘지 아줌마가 우리 집에서 또 자고 간 날은 없었다. 그래서 아줌마에게 새끼 상어 이야기를 더 들을 수는 없었다. 들을 기회도 없었다.

오랜 시간이 지난 후에야 나는 그날 밤 샘지 아줌마와 나눈 이야기를 떠올렸다.

태풍이 오던 그날 밤 할머니가 잠든 후였다. 어쩌면 샘지 아줌마도 잠에 들었을지 모른다고 생각하면서 내가 물었다.

"그럼 제사 때는 어떻게 했어요?"

샘지 아줌마가 잠결인 듯 대답했다.

"아버지가 상어 고기를 사 왔어."

"다른 상어요?"

"그랬지. 다른 상어 고기를 썼지."

왜인지 모르지만 나는 화가 나서 불쑥 물었다.

"어째서 어떤 상어는 소금에 절여져 제사상에 오르고, 또 어떤 상어는 바다로 돌아가는 건데요."

"상어는 다 같은 상어지."

"어째서 같아요?"

"바다로 돌아갔던 상어는 다시 되돌아오는 모든 상어란다."

샘지 아줌마는 더 이상 말하지 않았다. 깊은 잠으로 빠져드는 아줌마 숨소리를 들으면서 나 역시 잠에 빠져들었다.

언제부터인가 샘지 아줌마는 마을에 오지 않았다. 그래도 나는 간혹 샘지 아줌마를 기다렸다. 그럴 때면 내가 자야인 듯 새끼 상어를 기다렸다. 검은 대양을 가르며 나아가는 상어의 힘찬 등지느러미를 내가 이어서 기다리는 것이다.

작가의 말

누구나 사람들의 이야기 속에서 자라납니다. 어두운 이야기, 기쁜 이야기, 슬픈 이야기, 귀신 이야기, 아이가 태어난 이야기, 누군가 죽은 이야기들 속에서 말입니다.

저는 열두 살 때 시골을 떠나 도시에 왔습니다. 도시에서 청소년기를 보내고 어른이 되었습니다. 어린 시절로부터 멀리 떠나왔다고 해서 그때 이야기가 모두 잊혀진 것일까요? 어린 시절 나를 둘러싸고 있던 이야기들은 잊혀지거나 사라지지 않았습니다. 문득문득 지나간 시공간이 곁에 있다는 것을 느낍니다.

오래전에 지나간 시공간은 단순히 기억일 뿐일까요? 어쩌면 우리는 여러 시공간을 동시에 살고 있는 것은 아닐까요?

저는 이렇게 생각해 봅니다. 어린 시절의 이야기가 사라지지 않고 다른 차원의 시공간에 여전히 쌓여 있다고 말입니다. 그렇게 쌓여 있는 이야기들이 우리를 기다리는지도 모릅니다. 누군가의 기쁨, 누군가의 슬픔, 누군가의 은혜, 누군가의 원통함, 누군가의 그리움, 누군가의 희망, 누군가의 자유에 관한 이야기들이 또 다른 누군가에 의해 발견되기를 기다리는 것일지도 모릅니다.

「상어를 기다리며」라는 이야기 속에서 샘지 아줌마는 어린 시절 만난 아기 상어를 기다립니다. 샘지 아줌마에게 아기 상어는 어떤 의미였을까요? 그리움이었을까요? 대양을 가르고 나아가는 자유였을까요? 이런 생각을 하면서 「상어를 기다리며」를 쓰게 되었습니다. 아주 오래전에 시작된 이야기가 샘지 아줌마의 마음을 통해 저에게 도달한 것입니다.

저는 샘지 아줌마의 마음을 건네받아 이야기를 썼습니다. 그런 후에는 저 역시 아기 상어를 기다리게 되었습니다. 이제 여러분이 상어를 기다리게 되기를 바랍니다.

박영란